真情

THE ACTUAL

〔美〕索尔·贝娄 著
主万 译

人民文学出版社
PEOPLE'S LITERATURE PUBLISHING HOUSE

著作权合同登记号　图字 01-2018-8939

Saul Bellow
The Actual

图书在版编目(CIP)数据

真情/(美)索尔·贝娄著;主万译. —北京:人民文学出版社,2019
(索尔·贝娄作品集)
ISBN 978-7-02-014859-2

Ⅰ.①真…　Ⅱ.①索…　②主…　Ⅲ.①中篇小说-美国-现代　Ⅳ.①I712.45

中国版本图书馆 CIP 数据核字(2019)第 013745 号

责任编辑　**甘　慧　邱小群**
封面设计　**钱　珺**

出版发行　**人民文学出版社**
社　　址　**北京市朝内大街 166 号**
邮政编码　**100705**
网　　址　**http://www.rw-cn.com**

印　　制　**上海盛通时代印刷有限公司**
经　　销　**全国新华书店等**

开　　本　**890 毫米×1240 毫米　1/32**
印　　张　**3.75**
字　　数　**87 千字**
版　　次　**2019 年 9 月北京第 1 版**
印　　次　**2019 年 9 月第 1 次印刷**

书　　号　**978-7-02-014859-2**
定　　价　**29.00 元**

目 录

重读索尔·贝娄

◎ 菲利普·罗斯（2000）

《奥吉·马奇历险记》（1953）

把一九五三年出版的《奥吉·马奇历险记》和一九四四年出版的《晃来晃去的人》以及一九四七年出版的《受害者》作对比，可以看出作者经历了革命性的转变。贝娄推翻了一切：基于和谐、有序的叙述原则之上的构思，受惠于卡夫卡的《审判》、陀思妥耶夫斯基的《双重人格》和《永远的丈夫》的小说气质，以及一种难以名状的道德视角——源于闪光、色彩和大量的存在产生的快乐。在《奥吉·马奇历险记》中，小说和小说所描绘的世界的宏大、独断、随心所欲的观念打破了各种各样自我施加的限制，身为创始者的创作原则被颠覆，就像《奥吉·马奇历险记》中那五种属性的人物一样，作家自己“极度地着迷”。组织起《受害者》和《晃来晃去的人》中主人公的世界观和小说情节的无处不在的威胁不见了踪影，《受害者》中阿萨·利文撒尔被压制的攻击性和《晃来晃去的人》中约瑟夫被阻碍的意图都变成了贪得无厌的胃口。对生活自我陶醉的热情以混杂的形式出现，推动着奥吉·马奇向前。而驱使着索尔·贝娄的是对眼花缭乱的丰富细节永不枯竭的热情。

规模在戏剧性地扩大：世界在膨胀，栖居其中且不朽、势不可挡、雄心勃勃、精力充沛的人们，用奥吉的话说，不会轻易地“在生活的斗争中毁掉”。自然存在的复杂景观和那些大人物对权力的追求使得处于各种表现形式中的“人物”——特别是它留下无法磨灭的存在印记的能力——与其说成为小说的一个方面，还不如说成为小说最关注的对象。

想想妓院里的艾因霍恩、放鹰的西亚、丁巴特和他的战士，西蒙在马格努斯家的粗俗辉煌与在木材场的凶暴。从芝加哥到墨西哥、东海岸中大西洋地区，再回来，同样是拿奥吉和大人国相比，只是观察者不再是刻薄愤怒的斯威夫特，而是一个用词语绘画的希罗尼穆斯·博斯，一个美国的博斯，一个从不说教、乐观的博斯，他在他的人物身上，哪怕是最油滑的地方、最具欺骗性的和最具阴谋的地方，都能发现人类身上所具有的狂喜。人类的诡计不再引起贝娄偏执的恐惧，而是使他高兴。展现丰富矛盾和歧义的表面不再是惊愕的源泉，相反，一切事情的“混合性质”使人感到振奋。多面性就是乐趣。

冗长的句子以前在美国小说中出现过——主要出现在麦尔维尔和福克纳的作品中——但与《奥吉·马奇历险记》中那些句子有所不同，因为后者的句子给我的印象是过于随意。当随意性驾驭作家的时候，就会导致《奥吉·马奇历险记》的一些模仿者那样的空洞艳丽。我阅读贝娄充满随意性的散文时，感觉他的句法表现了奥吉广博、直爽的自我，那个聚精会神的自我漫游、发展，片刻不停，不时地被别的力量控制，又逃脱其控制。书中有些句子生气勃勃，其潜在的欢快之情让人感觉许多事情在同时进行，这种戏剧性、裸露表现、激情飞扬纠缠在一起的散文给人带来了生存的推动力，保持了正常的心智。这种不再遭遇抵制的声音弥漫于心灵，同时与一种神秘的感受连在了一起。这种声音无拘无束、聪明睿智、全力向前，而且总能敏锐地作出判断。

《奥吉·马奇历险记》第十六章讲述的故事是奥吉刚愎自用的爱人西亚·芬彻尔试图训练她的鹰卡利古拉①，去攻击和捕获生活在墨西哥城南面山区的大蜥蜴，让那个“黑影迅猛地从天而降”去响应她的计划。这个章节令人印象深刻，描述了一次人类的特殊行动，其神话氛围（还有喜剧性）可与福克纳所书写的伟大场景——在《熊》《花斑马》《我弥留之际》中以及《野棕榈》通篇——相媲美。在这里，人类的决心与自然的野性相对立。卡利古拉和西亚之间的争斗（为了鹰的身体和灵魂的争斗），描写鹰翱翔空中以满足它美丽而又残忍的训练者，但结果令她非常失望的那些精彩、缜密的段落，使得对于几乎每次奥吉的历险都至关重要的权力与支配意志的观念得以具体化。“说实话，”奥吉在书的结尾处说，“我对所有这班大人物、命运的支配者、智囊人物、马基雅弗利式政治家、精明狡猾的作恶者、大亨、骗子、专利主义者等，全都厌恶透了。”

在书中令人难忘的第一页上的第二句话里，奥吉引用赫拉克利特的话说：一个人的性格就是他的命运。但《奥吉·马奇历险记》暗示的是否恰恰相反呢？它所暗示的是，一个人的命运（至少这个人的命运，这位芝加哥出生的奥吉的命运）是被他人影响的性格。

① 卡利古拉是罗马帝国一位荒淫、残暴的皇帝的名字。

贝娄曾经告诉我："在我犹太人和移民的血液中，明显存在着怀疑的种子，怀疑我是否有权利从事作家这个行业。"他认为，这种怀疑至少部分地弥漫在他的血液中，因为"属于我们的由美国享有特权的白人建立的机构，主要被哈佛训练出来的教授们所代表"，他们认为一个犹太移民的儿子是不适合用英语写作的。这些家伙让他很恼火。

可能正是这份宝贵的、恰如其分的愤怒，使他立即投入到第三部小说的创作中。他开头没有提及"我是一个犹太人，移民的儿子"，而是让犹太移民的儿子奥吉·马奇，打破哈佛训练的教授们（以及任何人）所规定的条条框框，直截了当地宣称——无须抱歉或者断字："我是个美国人，出生在芝加哥。"

《奥吉·马奇历险记》开篇那六个字[①]表明了爱好音乐的犹太移民子孙们——欧文·伯林、艾伦·科普兰、乔治·格什温、艾拉·格什温、理查德·罗杰斯、劳伦茨·哈特、杰罗姆·科恩、伦纳德·伯恩斯坦——在美国的电台、影院和音乐厅里向这个国家展示风采（作为主题，作为启发，作为观众），如歌曲《愿上帝保佑美国》《这里是军队，琼斯先生》《噢，我多恨在早晨起床》《曼哈顿》，以及《老人河》，在音乐剧方面有《俄克拉荷马》《西区故事》《波吉和贝丝》《锦城春色》《画舫璇宫》《飞燕金枪》《为君而歌》，在芭蕾音乐方面有《阿巴拉契亚的春天》《罗蒂欧》《比利小子》。回顾他们的青少年时期，当时移民浪潮仍在持续，回顾二十世纪二十年代、三十年代、四十年代，甚至五十年代，这些在美国长大的孩子，他们的父母或者祖父母虽然讲意第绪语，但他们都没有兴趣书

---

① 原文是：I am an American, Chicago born。

写媚俗的犹太情怀——它于六十年代随着《屋顶上的小提琴手》的诞生而兴起。举家移民的行为使他们离开了正统的东正教和社会专制，即犹太人的幽闭恐怖症的源头，因此获得了自由。他们为什么会愿意呢？在世俗的、民主的、没有幽闭恐怖症的美国，奥吉会像他说的那样："处事待人一向按自己学的一套，自行其是。"

在自由的美国，肯定自己的公民身份（还有那五百多页接着要出版的书）真是大胆之举，因为它可以打消他人对索尔·贝娄这样的移民子孙创作美国式作品的疑虑。奥吉在书的结尾处兴奋地喊道："瞧瞧我，走遍天涯海角！啊，我可以说是那些近在眼前的哥伦布式的人物中的一员。"比他更有名望的人本不相信他会拥有随意使用美国语言写作的权利。贝娄确实是像我这样的人的哥伦布，即那些移民的子孙，那些随他之后成为美国作家的人。

《抓住时机》（1956）

《奥吉·马奇历险记》出版三年后，贝娄出版了《抓住时机》。这是一部篇幅较短的小说，与《奥吉·马奇历险记》形成了对照。该小说形式简约，组织紧凑，里面充满了悲伤，地点置于曼哈顿西部一家老人旅馆里。书中的人物主要是老人、病人和病危的人，而《奥吉·马奇历险记》则是一部广博、散漫、滔滔不绝的书，对任何事都是奔泻而出，包括作家高昂的情绪，只要能观察到生活的全部和喜悦的地方都要触及。《抓住时机》描写了一个人在一天当中衰竭的最高潮。这个人在每一种重要的方式上都与奥吉·马奇相对立。如果说奥吉是捕捉机会的人，没有父亲，贫民窟里特别可以被收养的人，那么汤米·威廉则是犯错误的人，老父亲幸运富裕，每每与儿子在一起，但不愿意与他和他的问题有任何关系。书中对汤米父亲性格的塑造主要是通过描绘他对儿子的无情和厌恶而实现的。汤米遭到了无情的遗弃，成了特别不可收养的人，其主要原因是他不具备奥吉所拥有的足够的自我信任、生命力和活跃的冒险精神。奥吉的自我是狂欢般的精神振作，被生活的强大激流猛推前行；而汤米的自我被重担所镇压——汤米“被指派为一个重担的肩负者，而这个重担就是他的自我，他独特的自我”。自我的咆哮得到了《奥吉·马奇历险记》丰富有力的散文语言的增强。奥吉在书的最后一页上欢快清楚地写道：“瞧瞧我，走遍天涯海角！”瞧瞧我——是孩子强烈要求别人对他注意，喊出了裸露的自信。

穿透《抓住时机》全书的喊声就是救救我。汤米徒劳地喊着，救救我，救救我，我一事无成。他不仅是对他的父亲阿德勒博士喊，也是对继阿德勒博士之后所有虚伪、无赖的父亲喊，对他愚蠢地托付自己的希望、金钱或者以上两者的人喊。奥吉到处被收养，人们蜂拥供养资助他，给他买衣服，教育他，改变他。奥吉的需求是聚集生动、浮夸的庇护人（崇拜者），而汤米令人悲悯之处就是聚集错误：“也许犯错误表达了他的生活目的，表达了他在这里的本质。”汤米在四十四岁的时候，孤注一掷地要找个父亲/母亲，任何父亲/母亲，把他从即将出现的毁灭中拯救出来，而奥吉在二十二岁时就是个好嬉戏、独立、有脱身术的人。

谈到自己的过去，贝娄曾经说过：“我一生的范式都是：极端虚弱之时即力量的开始。”他从悬崖到巅峰的摇摆历史，能否在二十世纪五十年代相继而出的两部书的辩证关系中找到文学类比？《抓住时机》这部失败的幽闭恐怖症编年史是用来纠正前一部作品中压抑不住的热情的吗？是用来纠正《奥吉·马奇历险记》中狂热的直率的吗？通过写《抓住时机》，贝娄似乎回到（如果不是有意的话，也许只是反省地）《受害者》中的社会精神气质的原主题，回到了一个郁郁寡欢的前奥吉世界，在那儿受审视的主人公面临敌人的威胁，因不确定性而不知所措，因混乱而停滞不前，无法摆脱不满的情绪。

《雨王亨德森》（1959）

《奥吉·马奇历险记》出版仅六年后，贝娄再次迸发出激情。然而，如果说他在《奥吉·马奇历险记》中摒弃了前两部“正统的”书的惯例的话，那么他在《雨王亨德森》中则偏离了《奥吉·马奇历险记》这部在任何意义上都谈不上正统的书。因为该书中一切都是全新的：异国情调的场景、暴烈的主人公、生活中喜剧性的灾难、无休止的渴望引起的内心骚动、对神秘渴望的追寻、冲破阻碍喷涌而出后的神话般的重生。

两种完全不同的企图被结合在了一起：贝娄笔下的非洲之于亨德森就如同卡夫卡的城堡之于K，为来自异国他乡的主人公提供了前所未见的完美试炼场，去实现其最深层的、最无法抹除的渴求——如果可能的话，他可以通过高强度的有效劳动来打破其“精神的休憩”。“我要”这一毫无目标的、发自内心的、原始粗犷的呼喊，很可能同样出自K或者尤金·亨德森。当然，两部书的相似之处也仅此而已。不像卡夫卡式的人物，在实现欲望的路上总会碰到无穷无尽的阻碍，亨德森是一股没有方向的人类力量，其不懈的坚持确实所向披靡。K是个姓名的首字母，隐指没有任何生平记载，令人同情，而亨德森的生平材料则铺天盖地。一个酒鬼、巨人、异教徒、持续处于情感动荡之中的中年百万富翁，亨德森被混乱不堪所包围，它们是“我的双亲、妻子、女友、儿女、农场、牲畜、习惯、金钱、音乐课、酗酒、偏见、鲁莽、牙齿、面貌、灵魂”。由于他所有道德方面的缺陷和犯下的错误，亨德森认为自己既是个健康的人又是个有疾病的人。他离家出走（如同构想出他的作家那样）来到一个黑人部落居住的大陆，而那些黑人可以治愈他的疾病。非洲就是药物，而亨德森则是药品制造者。

这部书妙趣横生、新颖剔透，它是第二次巨大解放，介于严肃和轻松之间（事实也是如此）的书，是一部引起学界阅读兴趣的同时又被挖苦讽刺的书，是一部炫技的书，一部真诚地炫技的书——是一部疯狂古怪的书，一部伟大的疯狂古怪之书。

《赫索格》(1964)

赫索格是一个充满矛盾、自我分裂的复杂人物——是个未开化的野蛮人，但又是个“依《圣经》教义行事”的真诚之人，天真烂漫而又老于世故，感情热烈而又被动冷漠，反省沉思而又易于冲动，心智健全而又精神错乱、情绪化、令人捉摸不透。他在面对痛苦时，感情丰富却又心思单纯；他在复仇和愤怒时是个小丑，是个让仇恨产生喜剧效果的愚人；在险恶的世界里是个明智且博学的学者，但他仍在那充满童年时期的爱、信任和兴奋的池水中流连（留恋于这种状况，没有任何改变的希望）；一个苍老的、爱慕虚荣的、自恋的人，对自己既仁慈又苛刻，旋转于一个相当宽宏大量的自我意识的循环之中，而与此同时，因个人审美而被精力充沛的人所吸引，被强者和大人物们所吸引，被做作的万事通先生们所吸引，被他们表面上的笃定所引诱，被他们的果断中显示的原始权威所引诱，从他们的激情中汲取养分，直到他被激情完全打垮——这位赫索格是贝娄塑造出来的最称心如意的人物，就是美国文学中的利奥波德·布卢姆，他们只有一处不同：在《尤利西斯》中，作者那百科全书般的头脑被转化成小说的血肉，乔伊斯从来没有把自己的博学、领悟力和渊博修辞让渡给布卢姆，而在《赫索格》中，贝娄则赋予其主人公所有这一切，不仅是他的心态和性情，而且还赋予了他的本心。

这颗心灵丰富、宽阔，内中烦恼却汹涌澎湃，痛苦不满与愤怒欲溃决而出。这颗迷惑不解的心灵在书的首句就开门见山、理由充分地质疑了内心的平静，不是用高雅的方式而是用经典的方言句式提出："要是我真的疯了……"这颗心灵坚强不屈，装满了深思熟虑的思想和话语，这颗心灵产生过许多关于世界和历史的一流洞见，但也怀疑本身最为基本的能力，即理解的能力。

书中通奸情节的转折点，是导致赫索格最终冲到芝加哥拿起一支装满子弹的手枪要杀死马德琳和格斯贝奇，但最后却放弃了的场景。当时赫索格正在法庭内等待律师的到来，他噩梦般的遭遇突然重演：一位不幸、堕落的母亲正在受审，因为她与堕落的情夫一起谋杀了她自己的小孩。赫索格的所见所闻使他恐惧不已，他对着自己大叫道："我真不理解！"——这是日常生活中普普通通的话语，但对赫索格来说，却是低声下气、充满痛苦、回荡不已的一次坦白，它戏剧性地将赫索格精神生活的错综复杂与私人生活中痛苦的失误和失望连接了起来。既然对赫索格来说，理解阻碍本能，那么，只有当他失去理解力的时候才会伸手去拿枪（就是他父亲曾经笨拙地威胁要杀死他的那把枪）——但是，最终因为他是赫索格，所以他没有开火。因为他是赫索格（他愤怒的父亲的愤怒的儿子），他发现开枪“只不过是一个念头而已”。

但如果赫索格无法理解，那么谁理解？而且所有这些思考是为了什么？贝娄书中首先为何如此不受约束地作这些思考？我这里倒不是指《抓住时机》中的塔姆金或者《雨王亨德森》中的达甫国王这些人物所作的不受约束的思考，他们似乎为贝娄出了一些鬼点子，使主人公已足够混乱的内心更加混乱。我指的是对于贝娄的作品，同样对于罗伯特·穆齐尔和托马斯·曼的小说而言，具有标志意义的那无法完成的任务：不仅试图把思想融入小说，而且试图使思想本身成为主人公困境的中心——在《赫索格》这样的书中，去思考“思考”的问题。

不仅对我来说，贝娄特别的感染力在于他以特有的美国方式出色地弥合了托马斯·曼和达蒙·鲁尼恩之间的沟壑，而这又没有影响他从写《奥吉·马奇历险记》起就雄心勃勃的计划：自由发挥曼、穆齐尔和他自己这样的作家身上既被生活的景观所吸引又被心灵的想象所吸引的智性能力，使心中所想准确地表达出来，把作者思想的底层提升至叙述的表层，但不降低叙述的模仿力，不使作品对本身作表面的反省冥想，对读者不作显而易见的意识形态上的要求，也不会像塔姆金、达甫国王那样传递毫未问题化的智慧。

《赫索格》是贝娄写作生涯中首部涉及“性”这一广泛领域并进行长期探讨的小说。赫索格的女人们对他来说至关重要，因为她们勾起了他的虚荣，激发了他的肉欲，引导了他的爱，引起了他的好奇。她们让他表现出了男人的智慧、魅力和俊美容颜，使他滋生了男童般的快乐和喜悦——他从女性对他的爱慕中得到了自我认同。她们骂出的每一句难听的话，杜撰的每一个绰号，头部每一次迷人的转动，手的每一次安抚性的触摸，嘴巴每一次愤怒的扭曲，他的女人们都以异性特有的他者性使赫索格神魂颠倒。但也正是女人的缘故——在小说的最后几页，即当赫索格离开了伯克夏休养地，甚至于离开了好心的雷蒙娜和专供她享乐的宫殿似的闺帷，当他最后得以摆脱另一个女人，甚至也是最受他宠爱的一个女人，为了得到恢复，他开始了对他而言是英雄之举的独居生活，抛弃了女人，同时抛弃了倾诉、辩解和思考，暂时放弃了那无所不包的、习以为常的快乐和痛苦之源——是赫索格的女人们把他变成了一个肖像画家，一个多才多艺的画家：在画浓艳的情妇时，像雷诺阿一样饱含慷慨；在表现值得敬慕的女儿时，如德加一样柔情；在描绘年迈的继母——或者他那亲爱的处于卑屈、悲惨移民生活中的母亲——时，可以像伦勃朗一样悲天悯人，尊重时代，了解困苦；最后，在描绘与人通奸的妻子时，与杜米埃一样穷凶极恶——他的妻子发现自己和赫索格那可爱而又工于心计的挚友瓦伦丁·格斯贝奇同样赤裸裸地夸张做作。

在所有文学作品中，据我所知，没有任何一位男性像赫索格这样感性，没有任何一个男人像他一样在与女人交往中积聚了如此强烈的情感，无论作为追求者，还是一位丈夫都如此。这位被戴绿帽的丈夫，其忌妒暴怒时的高大和溺爱妻子时的天真形成一幅融合了奥赛罗将军和查尔斯·包法利特征的连环漫画。任何人如果想从查尔斯的视角重述《包法利夫人》或者从卡列宁的视角叙述《安娜·卡列尼娜》以取乐的话，他将会发现《赫索格》是最好的入门教材。（这并非说，可以按照赫索格想象出格斯贝奇的方式，把安娜的光圈移至卡列宁身上。）

《赫索格》可称得上比《奥吉·马奇历险记》更加丰富，因为贝娄第一次在书中满载了性的内容，使得他的虚构世界渗透了苦难的印记，而大多数这样的内容在《奥吉·马奇历险记》和《雨王亨德森》中被排除了。我们发现有更多的东西隐藏在贝娄笔下主人公的疾苦而非幸福中。他越是受伤、伤口越是溃烂，直到他对“丰富的日常生活”失去兴趣，羞辱、背叛、忧郁、疲惫、失去、妄想症、强迫症和绝望等，无论是奥吉持久的乐观精神还是亨德森神奇的强大意志都无法回避的痛苦席卷他时，他就越能让人信服。一旦将汤米·威廉无助的境遇嫁接到亨德森的强烈情感，还有奥吉·马奇对浮夸风格和戏剧性的邂逅的爱好之上，贝娄就以庞大的喜剧悲惨管弦乐奏响了贝娄交响乐。

在《赫索格》中没有连续发生的行动——几乎没有行动——没有发生在赫索格大脑之外的行动。这并非说，作为一个讲故事者，贝娄模仿福克纳在《喧哗与骚动》或者弗吉尼亚·伍尔芙在《海浪》中的技法。《赫索格》里变幻不定的、断断续续的、长长的内心独白似乎与果戈理的《狂人日记》有更多的共同之处，后者那不连贯的感觉是由中心人物的心理状态支配的，而非由作者对传统叙述手法的不耐烦所决定。然而，使果戈理的狂人疯狂，使贝娄的人物心智健全的是，果戈理的狂人无法倾听自己，因此信念得不到加强，而赫索格的每一种思想中都回荡着无意识的反讽与戏仿的声音——甚至当赫索格处于最困惑之时——这与他对自己的看法和遭受的灾难分不开，不管痛苦是如何折磨着他。

在果戈理的故事中，那个狂人得到一捆由一条狗写的信件。那条狗是他爱得死去活来的女人的宠物。他狂热兴奋地阅读着那条聪明伶俐的狗写的每一个字，寻找任何指涉他自己的地方。在《赫索格》中，贝娄又胜果戈理一筹：写信的聪明的狗变成了赫索格自己。信分别写给他亡故的母亲，写给他还活着的情妇，写给他第一任妻子，写给艾森豪威尔总统，写给芝加哥的警长，写给史蒂文森州长，写给尼采（“我亲爱的先生，我可以从听众席上提一个问题么？”），写给德日进（“亲爱的夏尔丁神父……碳分子是否就是根据思想排列的呢？”），写给海德格尔（“亲爱的海德格尔教授，我很想了解您说的‘在平凡中堕落’这个词是什么意思。什么时候出现过这种堕落？当这种情况发生时，我们正在哪儿呢？”），写给马歇尔公司信用赊购部的（“今后本人不再负责偿还马德琳·赫索格购物所欠之债务。”），甚至在结尾部分，还写了一封给上帝的信（“为了把我的思维连贯起来，我的脑子一直在进行努力。我没有做得很好。但是我一直希望能按您那不可知的意志去做，接受它，还有您，而不借助于任何象征。做每一件最有意义的事。特别是要是能够把我除掉。”）

这些信件带给我们的千般喜悦，并不亚于整本书，它们是解开赫索格那无限智慧并进入他苦难生活的喧嚣深处的最好的钥匙。信件是他强烈思想的表露，为他的智慧提供了舞台。在这场独角戏中，他是不可能装疯卖傻的。

《赛姆勒先生的行星》（1970）

“我们这个物种发疯了吗？”一个斯威夫特式的问题。简洁的赛姆勒式回答同样体现了斯威夫特的特征：“证据确凿。”

阅读《赛姆勒先生的行星》，使我想起了《格列佛游记》：主人公和二十世纪六十年代的纽约史无前例地疏远；具有他这样历史的人对当时所见证的“性疯狂者”的人类状况的责难；格列佛似的迷恋于人类肉体性、人类生物性、身体所引起的几乎神秘的厌恶、它的外貌、它的功能、它的冲动、它的满足、它的分泌液以及气味。然后是对人类肉体能被如此征服的专注。作为一位脆弱的、被迫背井离乡的、大屠杀恐怖时期的难民，作为一个从纳粹大屠杀中奇迹生还的人，赛姆勒先生从德国灭绝小队以为全部死亡的一堆犹太人里站了起来，只剩下了一只眼睛，他记住了那让民众信心完全迷失方向的打击，即在一个伟大的城市里，安全和安全感的消失，以及随之而来的、在那些脆弱的人中产生的恐惧和使人错乱的妄想。

恐惧与厌恶使赛姆勒失去了对人类的信任，甚至使他无法忍受自己最亲近的人——因为害怕“处于热烈状态的心灵……处于极端主义和狂热状态的人性”。贝娄现在描写的不再是热情奔放的奥吉和亨德森那种鲁滨逊式的冒险，而是描写类似让人无法理解的天才赫索格的婚姻背叛这样的黑色笑剧，从而展开了对最大背叛的沉思和想象，至少从赛姆勒这位背井离乡者和受害者对二十世纪六十年代斯威夫特式的厌恶中可以感受到：疯狂的人类背叛了文明的理想。

赫索格在最为痛苦难耐的时刻承认：“我无法理解！”但是，尽管老赛姆勒在冒险的高潮时仍具有牛津毕业生特有的自我克制和素有的超然——他怪异的家庭里所存在的放纵、混乱、无法无天与那些在外面，如在纽约街头、地铁里、公交车上、商店里、大学教室里的一样——他内心深处纠结着的坦诚（那对我来说就是本书的座右铭）更加令人震惊：“令我毛骨悚然！”

《赛姆勒先生的行星》的成功在于赛姆勒这个人物的塑造，以及在欧洲种种经历的累积——他痛苦的历史，他被纳粹打瞎的眼睛——这使他成了“疯狂事件的登记员”。主人公的个人困境与所遭遇的具体社会力量形成了一种并置，而这种并置产生了有力、反讽得恰到好处的效果，就如它在任何令人难忘的小说里所产生的影响那样。赛姆勒因其无防备的尊严而明显与众不同。在我看来，他全然就是容纳社会上任何奇异怪诞或者充满威胁的东西的器皿，就是历史的牺牲品，他以其丰富的经历为“革命状态中的人类”生动有力地提供了一个严酷的二十世纪视角。

我不知道书中的情节展开谁为先，是疯狂呢还是登记员，是赛姆勒呢还是二十世纪六十年代。

《洪堡的礼物》（1975）

《洪堡的礼物》无疑是贝娄在情绪最高涨的时期完成的欣快、混乱的喜剧小说中最为疯癫的一本，是《奥吉·马奇历险记》《雨王亨德森》《洪堡的礼物》等小说代表的自我领域的快乐的音符，当贝娄埋头创作那些黑暗、低落的小说如《受害者》《抓住时机》《赛姆勒先生的行星》《院长的十二月》，其间多多少少会定期释放的情绪。在这些小说里，主人公的伤口引发的、使人迷惑的痛苦无论是他们自己还是贝娄都极为看重。（《赫索格》在我看来是贝娄小说中的上品，因为它不可思议地融合了这种典型的歧义性。如果有人希望扮演文学的厨师，把《洪堡的礼物》变成《赫索格》，简便的诀窍如下：首先，切掉洪堡，把他晾在一边；其次，选取洪堡疯狂的痛苦，将它与西特林沉思式的才华捆绑在一起；最后，把格斯贝奇扔进来——这样你的书就完成了。正是格斯贝奇的背叛引发了赫索格势不可挡的妄想症，而这一妄想症在洪堡身上又由西特林引发！）

我说《洪堡的礼物》是最为疯癫的一部小说，亦指它是喜剧中最为厚颜无耻的一部，比其他的喜剧都更糊涂，更具狂欢性，是贝娄唯一一部愉悦地释放性欲的小说，恰好也是最不顾后果地杂糅了迥异的旋律的一部小说，而且有一个荒谬的、令人无法不相信的原因：西特林的恐惧。恐惧什么？恐惧死亡，恐惧要面对（不管他的成功和显赫）洪堡的命运。在小说对抢夺、饕餮、偷盗、仇恨、毁灭查理·西特林正在构造的世界所进行的轻快描写背后，在所有一切的背后，包括小说叙述的发散形式背后——西特林热衷于淘汰鲁道夫·斯坦纳人类学那蔑视灭绝的挑战，在这种热衷里揭示得最为直接——就是他对死亡的恐惧。使西特林迷惑不解的，碰巧也是将叙述的得体性吹至西天的东西：被忘却的恐慌和畏惧，陈旧的、普通的、人人都会有的对死亡的恐惧。

西特林说："人类的胡说八道使我们背离了伟大的真理，这是多么可悲啊！"但人类的胡说八道却是他所热爱并乐于描述的，也是使他对人生感到愉悦的东西。他又说道："我不知道何时才能超脱这充满巧遇的、充满假象的、浑浑噩噩的人生，取得进入更高尚的境界的资格。"更高尚的境界？西特林会到哪里去呢——贝娄会到哪里去呢？如果没有了人类随意驱使尘世的超级戏剧，这一基本的超级戏剧是对名望（代表人物就是和幸运的、理智的西特林相对应的那个不幸的、心智不健全的冯·洪堡·弗莱谢尔——洪堡既希望超越世俗，又希望飞黄腾达，他噩梦般的失败成了西特林成功的滑稽模板）、对金钱（洪堡、萨克斯特、丹妮丝、莱娜达的母亲，还有西特林兄弟朱利叶斯，或多或少还有每一个人）、对复仇（丹妮丝、坎特拜尔）、对尊重（洪堡、坎特拜尔、萨克斯特、西特林)、对最刺激的性爱(西特林、莱娜达等)的世俗渴望，更不必说世俗间最为世俗的渴望，即西特林自己固执地追求永生的渴望了。

若不是因为他可以片晌贪欢于他贬称为“愚昧的地狱”里的那种滑稽的贪婪所具的暴力和骚动之中，西特林为何如此热切地希望永居此地？他说：“有些人如此讲究实际，以至于剥夺了我的批评能力。”甚至击败了以永恒的平静交换他们的堕落恶意的任何企图。但除了那个愚昧的地狱之外，他“复杂的主体性”在哪里能有那么多的东西要吸收呢？来到某个空想的、无人抵达的地方，怀旧地用愚昧的地狱故事交换鲁道夫·斯坦纳忧郁的表情？

查理·西特林兴奋地想起的这一愚昧的地狱是否就是猖獗于芝加哥街道、法庭、卧室、餐馆、充满湿气的浴室和办公大楼的那种让赛姆勒感到恶心、邪恶的二十世纪六十年代曼哈顿的化身呢？《洪堡的礼物》似乎是贝娄调制的充满生气的滋补剂，用以弥补《赛姆勒先生的行星》中的悲惨疾苦和道德磨难。这是贝娄的一本欢快的传道书：所有一切都是虚妄，什么都不是！

他在芝加哥干什么？

洪堡评说西特林：“赚了那么多钱后，为什么又躲到边远地区去呢？待在芝加哥干吗呢？”

西特林评说他自己：“我的心理处于一种芝加哥状态之中。我该怎么描绘这种现象呢？”

西特林评说作为一个芝加哥人：“我感到自己忍不住想笑。这往往是一种征兆，表明我对危言耸听的东西的癖好。我作为一个美国人、芝加哥人的（不仅仅是个人的）那种对强烈刺激，对不协调、极端事物的渴望被唤醒了。”

以及：“如果你是在芝加哥长大的，对这类腐败的情况就不会大惊小怪了。相反，它还可以满足某种需要。这正好跟人们的芝加哥社会观相吻合。”

从另一方面看，西特林在芝加哥很不适应：“在芝加哥，我的个人抱负已成泡影，我的观念是一种异国情调。”以及：“我清楚地意识到，我既不属于芝加哥，也没有完全摆脱它。对我来说，芝加哥平日现实的兴趣和现象，既不够真实生动，也没有什么象征意义。”

将上述话语铭记于心——像这样的话语遍布于《洪堡的礼物》之中，回顾一下二十世纪四十年代，我们就会注意到，贝娄当作家时还没有像查理·西特林那样用芝加哥的视角整理自己的观点。的确，芝加哥在《晃来晃去的人》中偶然成为背景，但除了增强弥漫其中的黑暗阴郁气氛外，芝加哥对主人公来说几乎是格格不入的；它确实与他不相容。《晃来晃去的人》讲述的不是城市中一个人的故事，它是关于一间房间里的一个心灵的故事。贝娄直到写第三部小说《奥吉·马奇历险记》时才充分了解芝加哥的文学价值，才意识到芝加哥这个确确实实的、引人入胜的美国城市正是他需要的有价值的地方，正如西西里被韦尔加，伦敦被狄更斯，密西西比河被马克·吐温独占一样。福克纳（美国两位最伟大的二十世纪乡土小说家之一）经过类似的谨慎的尝试才最终在精神上拥有了密西西比的拉法耶特县。福克纳的第一部小说《士兵的报酬》（*Soldiers' Pay*, 1926）的场景是佐治亚州，第二部小说《蚊子》（*Mosquitoes*, 1927）的场景是新奥尔良，直到一九二九年至一九三〇年间熟练地完成了

《萨托里斯》(*Sartoris*)、《喧哗与骚动》和《我弥留之际》等小说后他才发现——就如贝娄第一次即兴地选择了地理位置之后的情况一样——引起人类斗争的场所，而这些斗争反过来激发了他强烈的情感，激发了他对一个地方和其历史充满热情的反应。这一反应使得福克纳的语句晦涩难懂，乃至更甚。

我不知道贝娄开始羞于把芝加哥据为己有，是否因为他不希望别人认为他是芝加哥的作家，就如他不愿意被认为是犹太作家一样。不错，你是芝加哥人，你当然是犹太人——但这些东西怎样在你的作品中得到表现，或者说如果他们必须得到表现的话，不是马上就能想到的。另外，你还有其他抱负，其他被你的欧洲大师们，被陀思妥耶夫斯基、果戈理、普鲁斯特和卡夫卡等所激发出来的抱负，这些抱负不包括去写在后廊上唠叨闲聊的邻居们……这一思考方式与贝娄最后决定最近的地点之前的思考方式有某种相似吗？

当然，贝娄在完成《奥吉·马奇历险记》十年之后写《赫索格》时才再次大规模展现芝加哥的风貌。自此之后，独特的“芝加哥的景色”才持续对他产生吸引，特别当那个城市提供戏剧性的启发时，就像在《洪堡的礼物》中那样：一方面是“内心的斗争与外界生活的对峙，而后者是基本的，对每个人都是不言而喻的，而且具有伊利诺伊州芝加哥这个地方的特点”，另一方面是全神贯注的主人公的反思倾向。这一博弈得到了有力的探索，是《洪堡的礼物》以及贝娄随后一部小说《院长的十二月》的核心内容。然而，这一探索不是喜剧性的，而是充满仇恨的。情绪变得阴郁，越来越堕落，在强烈的种族敌对压力之下，伊利诺伊州的芝加哥变得疯魔：“在自己的地盘……他发现了一片比圭亚那丛林还要荒凉的地方……荒芜……数英里见方的荒地……累累伤口、损伤、癌变、狂怒、死亡……这个巨大地方所有的可怕的荒凉与恐怖。”

这部书的中心是，这个巨大的地方不再是贝娄的，也不是奥吉的，赫索格的，或者西特林的。到他开始写《院长的十二月》时——《奥吉·马奇历险记》之后大约三十年，他的主人公，柯德院长，已经成了这个城市的赛姆勒。

他在芝加哥干什么？这个痛苦的芝加哥人不再明白。贝娄遭到了流放。

（蒋道超 译）

真　情

要看出人们认为他们在做点儿什么，这是相当容易的；凭常识判断出他们实际上在忙点儿什么，这也并不难。诡计、欺骗、个人的敲诈勒索、识别出罪犯狡猾转变的真假，通常保存着的这全套手段，几乎也不值得去细细查看。自从我上次对《日常生活的精神病理学》和它曾经新颖的幕后情况颇感兴趣以来，好多年已经过去了。一不小心说漏了嘴，就会使你重返那个调皮捣乱的本我①，这一点并不需要再加以证明。我同意弗洛伊德②是世界上有过的最具有独创性的人之一，但是他的学说体系对于我，就和培利③的表一样，毫无用处——这是对全人类打的一个比喻，开头先上好发条，接着就滴答滴答地走上亿万年。只要有一件事可以料想，有人（就这一事例而言，是一位十八世纪的美国牧师），肯定就会去设想。

为人所知，从来不是我的一种特殊欲望。我还觉得，一个敏锐的观察人，不难看透我这个人。遇到有人问起时，我总说我住在芝加哥，已经退休了，不过我从不乐意细说我的职业。倒不是有多少事情要隐瞒。可是我身上有点儿什么暗示，是有什么要隐瞒。我的

---

① 本我，心理学术语，指潜意识的最深层，无意识的原始精神能源，与自我、超我构成人类人格的三个基本力量。

② 弗洛伊德（1856—1939），奥地利精神病学家，精神分析学派心理学创始人。

③ 培利（1743—1805），英国神学家、功利主义哲学家。曾认为如果我们在一片人迹罕至的地方发现一只表，我们就该承担起钟表修理人的工作。但有人认为他的比拟不伦不类，认为这一比拟并不适用于宇宙。

外貌像一个中国人。朝鲜战争后，我奉派到一所特殊学校里去读汉语。也许，我的费解的技艺，通过一个秘密启发的过程，使我脸上有了一种东亚人的神情。小学里的孩子们从来不管我叫“中国佬”——他们本会这么叫我的，因为我属于一个含糊不明的类别，是一个局外人，是一个孤儿。不过这也会使人产生误会。我的父母全都活着。我被送进了一所孤儿院，因为我母亲关节有毛病，这使她从一家疗养院住到另一家，主要是在国外。我父亲是一个单纯朴实的木匠。住院的费用全都是我母亲娘家人付的，因为我的舅舅们都是发达的香肠制造商，负担得起她在巴特瑙海姆①或是阿肯色州的霍特斯普林斯②的医疗费用。

我在学校内被认为是孤儿院来的一个孩子。我也没有机会说明我的特殊情况；这种情况中的所有独特之处全都渗入了我面貌的结构里——一个圆脑袋，头发蓄得像孤儿院所容许的那么长，一双圆鼓鼓的黑眼睛，一张大嘴，加上一个相当厚实的嘴唇。就暗藏着的傅满楚③式的容貌而言，是一些绝妙的器官。

一个人返回自我的道路，就是从精神放逐中归来，因为这正是一篇个人历史所相当的——放逐。我不容自己过分利用我的中国式嘴唇。我似乎作出了决定，认为忙于自己的形象，调整它，修订它，篡改它，全是浪费时间。

在回顾我所作的选择的日子里，我相信自己会——只是会——实现转入另一种文明。中国人在中国绝不会注意我，而在我自己的国家里，模模糊糊地显得像中国人，并不足以防止被人发现……我

---

① 巴特瑙海姆：德国黑森州的一处矿泉疗养地。

② 霍特斯普林斯：美国阿肯色州中部城市，以含矿物的温泉闻名。

③ 傅满楚：英国侦探故事里描绘的一个中国恶棍，其胡须从嘴角垂直挂下。

的意思大概是说暴露出来。

但是我在远东只待了五年，其中最后两年是在缅甸度过的。我在那儿作了一些重要的商业联系，发现自己沉浸在另一种文明中时，我多少有一种天赋，善于把商业交易组合起来。通过这次缅甸之行（它有一个危地马拉分号），他们为我提供了一笔终身收入；我回到了芝加哥，因为我感情的根在这儿。

我放弃了当一个中国人。当然，有些西方人士宁愿当东方人。过去有特雷弗-罗珀①那么出色地描绘的那位著名的北京英国隐士；还有孙中山雇用了当他保镖的那个蒙特利尔②恶棍双枪科恩③，他似乎始终就不想再回到加拿大去。

很快就会看到，我有充分的理由要重新在芝加哥定居下来。我本可以上别的地方去——上巴尔的摩或波士顿④——不过各个城市之间的差异，多少只是表面经过掩饰的同一情况。在芝加哥，我有些尚未结束的感情事务。在波士顿或巴尔的摩，我仍旧会天天经常想到同一个女人——想到我会对她说点儿什么，她会怎样回答我。“恋爱对象”，如同精神病学中管她们这样叫着，并不是时常碰上或容易摆脱的。“距离”实际上是一种形式。思想其实并不在意它。

我回到芝加哥，在范布伦街上开设了一爿铺子。我训练了我的伙计替我经营，于是我可以自由自在地使我的生活里充满了更为有

---

① 特雷弗-罗珀（1914— ），英国史学家，牛津大学现代史钦定讲座教授。他的著述很多，其中有《希特勒的末日》（1947年）和《北京的隐士：埃德蒙·巴克豪斯爵士的秘史》（1993）。巴克豪斯是英国的一位著名的汉学家。

② 蒙特利尔：加拿大东南部港口城市。

③ 双枪科恩（1887—1970），全名为莫里斯·亚伯拉罕·科恩，是出生在伦敦东区的一名犹太人，自称曾受雇为孙中山做保镖。

④ 巴尔的摩：美国马里兰州港口城市；波士顿：美国马萨诸塞州首府。

趣的活动。使我自己有点儿惊讶的是，我成了一伙古怪的人里的一员。在一个像芝加哥那样的地方，主要的威胁就是空虚——人与人之间的隔阂和互不相通，一种嗅起来像漂白剂的精神臭氧。从前，芝加哥有轨电车上总散发出这样一股气味。臭氧是由上层空气里的氧和紫外线化合而形成的。

我找出了一些方法保护自己，不受到这种阈限的威胁（被吸进外层空间去的这一威胁）。说来奇怪，我开始作为一个知道不少东方情况的人而应邀出去。至少，女主人们相信我知道不少，我倒并不认为是如此。一个人实在用不着多说话。

我在林肯公园[①]边沿的一套公寓里安顿下来。不久，我碰上了一件意义重大的幸运事情。在一次晚餐会上，我遇见了老西格蒙德·艾德勒茨基和艾德勒茨基夫人。艾德勒茨基是一个到处被人立即认出来的姓氏，就像查尔斯王子[②]或唐纳德·特朗普，或是早些日子的伊朗国王或巴兹尔·扎哈罗夫[③]那样。不错，是艾德勒茨基，那位老先生本人，那位创业的巨子，在他的创办下，墨西哥加勒比海沿岸那个无与伦比的豪华大酒店综合体建造起来了——好多大洲亚热带海滩上许许多多壮观的建筑物之一。如今，老艾德勒茨基已经把他的帝国交给了他的儿子和孙子。如果他仍旧在经营那些大酒店、航空公司、矿山、电子学实验室等，那么他决不会操心跟我这样的人交往的。

---

① 林肯公园：美国芝加哥市内北大街和富勒顿公园大道间的一片公园。

② 查尔斯王子（1948—　），英国的威尔士亲王，女王伊丽莎白二世和爱丁堡公爵菲利普亲王的长子。

③ 巴兹尔·扎哈罗夫（1850—1936），土耳其的大国际军火商人，后入英国国籍。

使我们会面的那次晚餐会，是弗朗西丝·杰利科举办的。有一个姓杰利科的在日德兰战役①（1916）中指挥英国的大舰队。这个家族有一支到了美国（美国的姓杰利科的这么说），变得很阔绰。弗朗西丝继承了一大笔财产，还获得了一批珍藏的绘画，包括一幅博斯②的作品，一幅波堤切利③的和几幅戈雅④的肖像画，以及好几幅我喜欢的那种毕加索⑤作品——多重的鼻子和眼睛。我非常钦佩（尊重）弗朗西丝。她丈夫和她两个孩子的父亲弗里茨·鲁尔克竟然和她离婚了，但她依然很爱他，而且并不是抽象地。那天晚上，他也在那儿，喝醉了酒，闹闹嚷嚷。关于那个人的最惹人注目的一点就是，他的前妻为了维护他而显示出的那种爱情的品质或标准。她是一位肥胖的女人，从来就不俏丽。那天晚上，在她的高级住宅的餐厅里，她脸上火红，下嘴唇耷拉下去，离开了牙齿。鲁尔克不一会儿就喝醉了，他很快就变得控制不住，砸了好几只酒杯。她站到了那个控制不住的前夫的椅子后面，默默地说了一番话，表示绝望、好斗而又忠诚。唔，在我眼里，她可是一宗丰富的人类资产。这倒不是指她信托储蓄账户中的那几百万美元，而是指她身上的品质——一种非常有价值的品质。

老艾德勒茨基坐在我那一桌上，这一切他也全看在眼里。我的猜想是，没有几件这种性质的事，曾经当着一个如此阔绰的人的面

① 日德兰战役：第一次世界大战时，英、德海军在日德兰半岛海域发生了海战。称为日德兰战役。

② 博斯（1450—1516），荷兰画家。

③ 波堤切利（1445—1510），意大利文艺复兴时期画家。

④ 戈雅（1746—1828），西班牙画家。

⑤ 毕加索（1881—1973），西班牙画家、雕刻家，立体主义画派主要代表，1904年定居巴黎。

发生过。就他而言，晚餐时发生的事情，可能是一件类似于重返早期移民日子里的事情。我想象，做一个亿万富翁就像居住在一种受管制的环境里。他是一个矮小的人，由于活到高龄，个头儿也萎缩了。首先，他的身材并不很高大。在新世界，他的移民大熔炉那一代那些营养不良的瘦小的儿女，养育出了六英尺身躯的儿子和高大、丰满的女儿。我本人就比我父母高大和沉重，尽管内心里也许比较脆弱。

我当时并没有指望艾德勒茨基注意到我也在场。在晚餐会后几天，老人的秘书写来的一封短信使我很惊讶。他请我到他的办公室去会见他一次。在那封信的下面，有艾德勒茨基亲笔写的四个字："务必请来。"将近一百年前，他曾经学过用西里尔字母①，或者更有可能，用希伯来字体书写。这一点从那个大写的"P"②的涡卷形花体上就可以判断出来了。

那个负责安排约会的秘书，在艾德勒茨基的体系里受过精确的训练，无法在电话中告诉我为什么要邀请我去。我于是到他的玻璃藏身之地，他顶楼的办公套房里去拜望了他。我来到闹市区，给领向一台由一把特殊钥匙操纵的直达电梯。对于这次快速登楼，我感到就像早先我对于把百货店营业员和收银员连接在一起的气流输送管所感到的一样。销货发票和钞票全都被吸收进管子去，接下来，咔嚓，咔嚓，新买的袜子和找给你的钱全回来了。

你不再是隔着办公桌面对一位经理。你和他一块儿坐在一张长沙发上。在你的身旁，有一张咖啡茶几，上面放有一小杯清咖啡和

---

① 西里尔字母：9 世纪时，希腊基督教传教士圣西里尔（827—869）与其兄共同创造的字母，系俄语、保加利亚语等斯拉夫语字母的本源。

② 指英文"请"字（Please）的第一个字母。

一碟方糖。

我意识到在艾德勒茨基的仔细观察下，我的脸变得防御性地深沉起来。老头儿用不着就我个人询问些什么。我的生活和事迹都由他手下的人员仔细研究过了。显然，我通过了初步审查。他已经获得了有关我的基本情况的充分介绍，因此用不着再去谈我的出身、所受的教育和我的造诣了——谢谢上帝。

他说："在弗朗西丝·杰利科的晚餐会上，有人提起了吉姆·索普①的名字。只有你说得上来那个出色的运动员是从哪所高校来的……"

"他来自宾夕法尼亚州的卡莱尔，"我说，"一所印第安人的学校。"

"你对此并不特别感兴趣。你只不过是恰巧知道罢了。你脑子里知道不少一般的情况吗？请你原谅我这么问，特雷尔曼先生，不过联邦储备银行是什么时候成立的？"

"早在一九一三年吧②？……'哈里'③挺不错。"

我瞧得出来他很高兴，尽管在顶楼套房耀眼的灯光下，我感到自己的全部"准备工作"都在崩溃。准备工作吗？唉，斯坦尼斯拉夫斯基④名作的书名是《演员应如何准备》。所有的人都作准备，并且赋予别人判断的能力，同意别人具有可能根本就不存在的标准。

我朝沙发阴暗的一边移过去。

---

① 吉姆·索普（1886—1953），美国运动员，被认为是 20 世纪上半叶美国最佳的全能运动员，曾在第五届奥运会上获十项全能和五项全能冠军。

② 1913 年，美国通过《联邦储备法》，开始建立银行系统。

③ 本故事主人公特雷尔曼的名字。

④ 斯坦尼斯拉夫斯基（1863—1938），苏联戏剧家、演员、导演，参与创办并领导莫斯科艺术剧院，著有《我的艺术生活》《演员应如何准备》等。

到这时为止，艾德勒茨基从我这儿获得的，只是那种对于解决纵横填字游戏有用的散漫的知识。当然，这一切都是预备性的。他的举动就像在察看一种先进机械装置的模型的技术专家那样。一位大夫对于艾德勒茨基这么矮小、老迈、满脸皱纹的一个人儿，会说上些什么呢？而且他还如此阔绰，超级阔绰，阔绰得超乎大多数人所能理解的，也超过了我的理解。我在想着，有这么许多钱，你超越过了民主政治。你示意说你很感激民主的资本主义美国给予你的机会；同时内心深处，你独自又飞快地跑开，你像一位暴君——太阳的代表那样——掌握着你自己。

“我想要谈谈弗朗西丝·杰利科。”他说。

“对不起，我不大明白？”

“就是她的晚餐会。我一向很喜欢弗朗西丝。你常上她那儿去吗？”

“不。她从我手上买过一些中国古画……”

“你经营这种玩意儿？”

“古玩……”

“哟，当然啦。你把这类文物在损坏的情况下从中国输入进来，再到危地马拉城用廉价劳工把它们修复。”

“你调查过我。”我说，这倒没有什么关系。我的活动，我的买卖，都是十分合法的。

“这里并没有什么害处，”艾德勒茨基说，“我瞧见你在一旁望着弗朗西丝。”

“那是一个糟糕的时刻。”我说。

“对，那个丈夫——那个前夫——是一个失败的人，一个明摆着一无可取的人。弗朗西丝的母亲就是《论坛报》从前所谓的‘一位社交领导人’。波特·帕尔默家的人、麦考密克家的人，以及其他的爱尔兰人，她们的丈夫是一些董事会主席，女儿则是一些‘初入社交界的’人——弗朗西丝就是其中之一。”

“不错，我遇见过一些在修养学校[①]里认识她的女士。她从前是一个苗条、文气的人儿……”

我说了“文气的人儿”后，他好奇地望着我，仿佛感到很惊讶。一个看来像我这样的人，竟然会这样提到一个女人。“可是你的意思是说，她的体形如今很粗壮吗？”艾德勒茨基说。

“再说，她的身体很不好——她很虚弱，生命有危险。她患了那种可怕的可的松肿胀，使她看起来就像大个儿鲁思[②]。”

“当然啦，这样比方十分正确。”艾德勒茨基说。

“你并不需要我，艾德勒茨基先生，”我说，“你有很好的收集情报的机构，把该知道的有关我的危地马拉方面的一切活动，全都告诉了你。”

“不错，”他说，“不过你没有这种调查研究设备。你不得不为你自己思考、注意，把事实集合起来。既然那个前夫鲁尔克愚弄了他自己。这可是个企业主管人员——他使格陵兰来的一个学生怀孕了，一个爱斯基摩姑娘。那姑娘控告了他，对吗？这是一条新闻。它刊登在报纸上。”

“弗朗西丝和鲁尔克好几年前就离婚了，但是鲁尔克仍旧是好多家公司的董事。”

“说下去，”艾德勒茨基说，“咱们俩都很赞赏她。咱们不能把

① 西方为受过普通教育的青年女子进入社交界作准备的一种私立学校。

② 鲁思（1895—1948），美国著名职业棒球运动员，绰号“大个儿”。

资料展示出来，伤害到弗朗西丝。”

“她父亲是英萨尔[①]的一个合伙人，”我说，“而她祖父则是爱迪生工业集团的一个创建人。她使鲁尔克在十二三家其他的公司里，全都成为领薪俸的高级职员。”

“拿干薪的人。好多家公司分担着那笔支出。”

“等那个爱斯基摩姑娘说怀了他的孩子后，他们请走了他，”我说，“那场晚餐会的目的就是，恢复鲁尔克在社会上的名誉。”

“为了他的子女吗？”

“在一定程度上是为了他的子女，”我说，“同时也为了实现她的意愿。使事情按着她的意思办。”

“她在这个世上活不了多久啦，”艾德勒茨基说，“而且她结婚还是为了爱情的。”

“那就是咱们称作弗朗西丝的那种强有力的女性体系。它的基本投资就在那个蠢货身上。”

“没有什么别的可以说明那天晚上发生的事情。你可不可以把你当时所看到的那件事的经过情况全说出来？”

“好吧。”我说，比我通常更乐意把自己的想法说了出来。一般而言，我是不愿意公开说明自己的看法的。我从来不曾那么做过——坦率地、直截了当地。然而，我觉得老艾德勒茨基替我把门打开了，其原因我是无法很快就理解的，而且拒绝走进去会是很不聪明的。并不是有害的，而是多少有些不友好的。“她邀请了一些工商企业的领袖。我坐在大陆银行的老艾克·克雷西身旁。你为了同样的一般性的目的也到场。”

---

① 英萨尔（1859—1938），美国公用事业巨头，1892 年成为芝加哥爱迪生公司总经理。

“我们可从来没有接触过她的那位丈夫那样的人。”

“这只能由你来说，不过你也在那儿，增加了那个场合的重要性。”

“那么你呢？”

“我代表艺术界。她收藏有世界著名的绘画。那天有西尔斯①家的一个人，罗巴克。还有一位联邦法官和商品交易所去的那个姓什么来着的人。当然，还有他们的夫人。”

接着，鲁尔克喝了酒，发作起来。他粗鲁、暴躁——寻衅找事。他一下喝了两瓶酒，发表了一篇讲话，指摘偷渡入境的人②和亚洲移民。他说国内已经有太多不受欢迎的人啦。接下去，他把两只胳膊一挥，把他坐的那半边桌上的酒杯全部打翻，还砸碎了好几只。我不得不记着，弗朗西丝的白色苏格兰小㹴狗在家里只是受过管教，保持着部分良好的卫生习惯。在早先的一次拜访时，我曾经看见它对着扶手椅和沙发的底边抬起一条腿来。

“说到克雷西，他在桌子的一头谈起莎士比亚来了。他说中学全都见鬼啦。一个理由就是，孩子们不再背诵诗歌了。他举出了一个遭到绑架的纽约商人作为例子。这个商人手下的两名雇员掘了一个坑——唉，一个坟坑。他们抓住了他，把他关在那个坑里，上面盖了一块铁板。那个人当然认为这下完啦——他绝不会再见到天日了。”

“真是一件十分恶毒的事，”艾德勒茨基说，“你认为做出这样犯罪行为的人，知道这是一种什么行为吗——一个活坟坑？”

---

① 西尔斯（1863—1914），美国大商人。

② 原文为 wetbacks，直译是“湿背人”，尤指偷渡格兰德河，非法进入美国的墨西哥人。

“他们可能没有这种能力[①]。不过克雷西说的是，那位年长的商人早先在学校里学过的诗句，使他活了下来。”

银行家们常喜欢引用《哈姆雷特》里的句子：

> 不向人借钱，也并不借钱给谁；
> 借出去往往就丢了钱也丢了朋友，
> 借进来会叫你忘记了花钱要省。[②]

我并没有跟艾德勒茨基讨论诗句的内容。这种旁白对于他不会有什么用。他想要的就是，我对于弗朗西丝从餐具柜上拿起照相机后发生的事情作何评论。

“你当时正注视着。你看见了。她请所有的客人全都站好，准备拍一张照。”艾德勒茨基说。

“克雷西不想拍照。不想跟鲁尔克一块儿拍。”我说。

“这么说，这一点你也注意到了。”艾德勒茨基说。

他对我感到很满意。“除了你和我，还有谁看到正在展开一场战斗呢？克雷西在弗朗西丝按照相机按钮时，恰恰把头转向一边。她三次都拍下了他的后脑勺。”

“那是她那顿晚餐的唯一的、独一无二的目的。她走到克雷西面前，握住他的手腕——迫使他从正面望着她。”

“四周并没有太多留神注意的人。对吗？”艾德勒茨基说，“虽然大伙儿全都知道鲁尔克和那个学做助产士的姑娘的事情。《太阳

---

① 意谓他们不知道罪行的严重性。

② 引自卞之琳译《莎士比亚悲剧四种·哈姆雷特》第一幕第三场第七十五至七十七行。北京：人民文学出版社，1988年3月第1版。

时报》上登载过了。弗朗西丝对那篇报道非常生气。她瞧不起克雷西那样的人。我当时以为她要把他打翻在地。她那个大身材大致可以办得到。唔，克雷西个头儿并不高大，是吗?”艾德勒茨基说下去，“他的心房上戴了一个阴茎套。银行职员们没有什么人性。”

“就是这话，”我说，“她唯一的动机就是恢复她儿女们父亲的名誉。”

“不啊。她还爱那个笨拙的鲁尔克的大家伙。随便哪个有价值的人，都会因为获得一个像弗朗西丝那么优秀的娘儿们的忠诚而感到骄傲。所以得有克雷西和鲁尔克一块儿，笑嘻嘻地对着照相机。我，一个老犹太人——再不然，就算是西尔斯家去的那个人——有些什么社会证件呢？用一块木头可以把我制成一个比他出色的人……克雷西是一个什么样的姓?”

“可能是从法国的一片战场克瑞西[①]得来的。”

补充的信息对于艾德勒茨基并没有什么用处。

“她没有达到她的目的，可怜的娘儿们。”他说。

所有的迹象全都表明，弗朗西丝正在走下坡路。食品比以前差，台布餐巾等都不合规格，仆人也是如此；小狗把沙发的底边全尿湿了。当克雷西惹得她生起气来时，她的脸色是一种阴沉沉的铁锈色。

“你看着那一幕的时候，我一直注意着你，”艾德勒茨基说，“我并没有多少时间参加社交生活，或是研究心理学项目。可是现在，我没有在筹划，获取——我摆脱了商业活动。我陪着我的夫人四处转悠。好歹，我心想我很乐意结识一个像你这样的人——显然

① 克瑞西：法国索姆省的一个城市，是1346年英国国王爱德华三世击败法国国王腓力六世的战场。

是一位第一流的观察人。”

对于这话，我没有什么可说的。我该告诉他我很惋惜，他的积极活动的生活已经结束——目前，他是处在常人的缩小了的境况里吗？

“我喜欢你把事情归纳起来的这种方式，”艾德勒茨基接着说，“我在自己的商业生活中，极力模仿富兰克林·德·罗斯福①的一个方面。我看到有一个智囊团是一个好主意。早在一九三三年，他就把一批教授集合到他四周。国家需要变革，要不它就会沉沦下去……”

他的英语，跟他作为一位世界范围内的企业创办人的观察力一样，大有进步。他跟他的公司中培养出的儿子和耶鲁法学院教育出的女儿们，从一个领域不断向上升入另一个领域，他们适应环境的能力是漫无止境的。

“这么说，你有一个罗斯福式的智囊团喽？”

“并不是。我有好些我可以和他们磋商、向他们请教的人。我乐意偶尔安排几次和你会面，好在这件或那件事情上获得最新的情况。我本不会相信，当时在场的所有人里，只有你和我知道弗朗西丝和克雷西之间的瓜葛。”

他这话不错。没有几个人能注意到这种事情。

“我对于做生意不太在行。”我说。

“在做生意方面，我并不需要你。你甚至不用设法来向我提意见。我只是偶尔要请教你。在我活跃的年代里，我很少参加社交活动。现在，我得参加一些社交活动了。必然有一种方式可以使社交

① 富兰克林·德·罗斯福（1882—1945），美国第三十二任总统，推行新政，聘请许多专家组成顾问班子，称智囊团。

活动愉快点儿。”

我以自己通常的那种克制含蓄地说，我很乐意成为他的智囊团的一分子。

“在一定程度上，你可以满足你对我的好奇心，”他说，“当然啦，你不得不相当慎重。不过我认为你自己心里已经收藏有成千上万的事情。你脸上有这种神气。有人曾经告诉过你，你生着一张多么像日本人的脸吗？”

“我一直以为是一张中国人的脸。”

“是日本人的。”他坚持说。

等我回到家里，我在浴室那面长镜子面前脱去衣服，细细察看了一下我自己。你们知道，老头儿说的话不错。我生着两条日本人的腿，是直接从北斋[①]画的浴景中来的。大腿肌肉很发达，小腿是凹进去的。要是我把头发剪短，再穿上一件有毛边的衣服，我会显得更像一个日本人。于是我开始相应地修改自己的形象。

从那以后有好多年，我会见了西格蒙德·艾德勒茨基和他介绍给我的他们家的其他成员。那些人全是想要听听我的意见的，通常总是有关艺术问题的意见。

我从自己跟老头儿的接触中学到了一件事：如此深厚的财富，却无法具有充足的等量人性。他如今年纪已经很大了，身材瘦小——十分轻盈，可以飞走，飞进永恒中去。然而，他的儿孙却仍旧向他负责。他在商业事务上的判断力尽管是老式的，却和以往一样稳健。这位创建人对新世界的经济情况并不熟悉。关于他的后

---

① 北斋（1760—1849），日本画家、插图画家。

代，他有一次对我说："我现在是他们智囊团里的一员。"

从弗朗西丝·杰利科或西格蒙特·艾德勒茨基完全不同的方向来的，是一个女人，名叫艾米·伍斯特林。我在中学时期曾经短暂地和她约会过。艾米也许知道，也许不知道，由于那次互相握着手，抚摩、亲热，结果发展起来的感情有多么强烈——那次鲁莽的亲昵行为对我所产生的影响。当然，要猜测出人们彼此之间知道点儿什么，是不可能的。

当她十二岁左右时，我注视着她穿上四轮溜冰鞋在轻快滑行——滑向青春期。在中学里，到她十五岁那年的服装节那天，她穿起了高跟鞋和紧身衣，我看到了她充分发育了的女性大腿；脸蛋儿上和那种黄褐色的凝视中全显示出了性成熟的光泽与润滑。她传递出了信息，甚至自己可能都不知道。

恋爱对象，该是用来表明艾米对于我成了一个什么样的人的最普通、最方便的名称。但是这个名称在哪儿撇下了你？假定不说恋爱对象，你说的是"门"——什么样的门呢？它有一只球形把手吗？它是旧的，还是新的，光滑的还是砸坏了的？它通向什么地方去呢？半个世纪的感情全倾注在她身上，半个世纪的幻想、揣测、全神贯注，以及想象的谈心。经过四十年专心致志的想象，我感到在任何一天的任何时刻都可以设想出她来。当她打开钱包去找大门钥匙时，我就意识到发出来的那种强力薄荷口香糖的香味；当她在淋浴时，我就可以告诉你她怎样对着喷溅的水花抬起她头的侧面来。如今，她是一个年纪较大的女人了。自从我瞧见她赤裸裸的身体以后，已经过去了三十年。她的身体免不了发生了那些通常的变化，像我自己的身体那样——比我原来以为的更像日本人，要是艾德勒茨基没有指出来的话。

但是有一次，大约十年前，我碰见了艾米，竟然没有认出她来——这个我内心里实际上天天接触到的女人。我在沃巴什大街高架铁道下面环路的路边上碰上了她。我正预备走过去，她唤住了我。她在我前面站定，说道："你认识我是谁吗?"

虽然我对于寻常社交方面令人发窘的事情能够厚着脸皮应付过去，但我感到这一次却是一场大失败。

对她来说，那是一个极大的打击。她说道："你这狗娘养的!"意思是说，如果我不认识她，她就无法保持安详镇定了。她也还在呈现出，或者像我们所说的那样，"推销"过去的自己，结果在一场欺骗中被捉出来了。

"我是谁?"她问。

我摇摇头。我应该知道她是谁的。可是我并没有——我没能认出这个愤怒的女人来。

"我是艾米!"她用愤怒的声音说。

这时，我才看见了她。事情是这样的。她待在现实世界里，我却不在里面。"哟，别发火嘛，艾米，"我说，"在咱们彼此相识的全部时期里，我在闹市区从来没有碰见过你。再说，多云的日子在高架铁道下，一切全变得灰蒙蒙的。"

因为当时，她脸色苍白得像一个干杂活儿的女仆——是一位操劳过度的母亲。她跑出来办一件急需办的活儿，把大女儿改变了主意不想要的一双皮鞋还回去。黑暗的湖滨街上那些稠密、干枯的市内秋葵，使一切全显得很阴郁。不错，在高架的大梁下，她是不容易给认出来。再说，她跟丈夫杰伊的龃龉当时正很激烈；她担心自己不适合给人看见。她的外表显得更成熟，也可以说是更有克制。

我正在寻找一个圆通得体的方式把这话说出来。谁也没有评论过我外表的改变。我的圆眼睛和中国人的嘴唇还是老样子。从一开头，她从我这儿就什么也问不出来。

不过她知道她在我的生活中是一个什么样的人物，而且我在精神方面还不断和她保持接触。我保存着她，如同她十五岁时那样。因此，当我们面对面相遇时我竟然认不出她来，这意思一定是说，她已经完全衰老了。我也感到大吃一惊。

我对自己说："埃奇沃特 5340。"在前面增加数字的日子以前，那曾经是她的电话号码。她大概是我曾经打电话找过的唯一姑娘。我过去并不是一个很老到的向姑娘求爱的人。当我到她前门外按门铃时，她母亲似乎吃了一惊。我该是干洗店的那个接货员，前来把女衬衫取去。

但是艾米已经从衣帽架上取下了她的浣熊皮外套，戴上了那顶很相配的帽子。她在挑选帽子方面有她自己的特色：帽子总戴得较高，不压在前额上。有些人的前额容忍不了帽圈的挤压。

那所房子不是用通常的砖块建造的。它用的是印第安纳州的石灰岩。门廊是一整块很厚的石灰岩。当艾米出来到了石灰石的门廊上时，我立即闻到了她本人的气息。那种气息里一部分是科蒂香粉的。我问自己科蒂香粉是否还在使用它在五十年代用的那种香料。等我们在公园里拥抱、接吻时，那件微湿的皮外套的气息比粉香还要浓郁。

口红涂抹得不匀称，是另一处使人认出她来的地方。这就是它的全部力量——这个血肉之躯的美。她行走起来时，臀部的形状也和一般人一样，是一个成熟的女人晃动她的书包。她行走起来并不像一个学生。那双浅口轻便鞋也穿得有缺陷。它们轻轻一动就会落下来。这种多切分音的节奏[①]是所有气质中最为明显的。它把所有其他的特性结合到一起。你当时所意识到的只是，她的行动和她的姿态不雅观的性感。中间这些岁月，以及它们带来的危机、战争、总统竞选运动和当代的所有变革，全没有力量改变她的容貌、她眼睛的大小或是牙齿的简洁。这就是你的性爱本能的力量。

那是三月的一天上午，当时的天气正在寒冷与温暖之间那道错误的界线上。一场大风雪正在肆虐，这就芝加哥来说，在某种程度上是很特别的。雪一阵一阵下得很大，艾米正在砖瓦覆盖的淋浴室里用肥皂擦洗。她两边屁股的模样还是很好的。她用一个曾经替小小孩儿洗过澡的母亲很有经验的双手洗涤着。从她在乳房上面抹肥皂的动作上，明显地可以看出毕生的自我照料。三十年前，我曾经欣喜若狂地享受到了捧起那对乳房来，亲吻它们下面的特权——我还亲了她分开的大腿。

艾米并不具有一个激起这种非分之想的女人的外表。她有一种矜持的神气，不容人色眯眯地直接接近她。她似乎很稳重，一向似乎是如此。在学校里，她外表显得一般。只有到了服装节，她才穿上紧身衣，涂上口红，像一个歌舞女伶。杰伊那样的青年人，都是善于观察性迹象的专家；他们猜测到她是容易激动的。“那姑娘身上有潜力，有刺激性的活动能力。”杰伊说。我在我们中学三年级时，一直和她“谈恋爱”，直到杰伊把我排挤出去。他们在较晚的时候结婚了——在古巴导弹危机以后。两人都是第二次。

我当时看起来很古怪，并不是惹人讨厌的，不过也不是合乎所

---

① 切分，音乐术语，指使某一音开始于前一拍子之后半，延续至次一拍子之前半。

有人的趣味。杰伊适合于大家的爱好。他是一个很有吸引力的男子，容貌上有一种蓄意要挑逗起性欲的神情。

但是眼下，我非得待在那儿陪着她。这时候，她已经把淋浴器关掉，不知道雪会下得多么厚。那天下午，她在公墓里有一件事要办，一场大风雪会使高速公路上很危险。而且要是小街上像平时那样，全给雪堵住了，那么她就无法通过这片漫无止境的邻近地带——平房地区。她就不得不越过市区——愿上帝帮助我们！——到公墓去。

然而，她又不得不面对这件事。杰伊·伍斯特林前一年去世了，葬在艾米家的墓地上。在这件事后面，有一场异想天开的大混乱，正是已故的杰伊喜欢的那种荒诞的玩笑。他的职业是一个律师，可是他又是一个喜剧演员。在这件事上，喜剧演员占了上风，因此他现在躺在艾米的母亲身旁，而他的岳母过去就很不喜欢他——不啊，她恨他——她女儿的这个丈夫。现在，为了各种各样的原因，不得不把他迁走。这次迁葬碰上了许多障碍，涉及市政府和卫生部门的种种官僚主义作风问题。但是复杂的法律工作终于全办妥了，杰伊·伍斯特林的遗体预定在那天下午迁到瓦尔德海姆公墓的另一片地上去。经过没完没了的公文往来后，我们全安排好预备去。她始终并没有请我帮忙。我说"我们"，是因为我不论在场不在场，心理上不知怎么总给牵连在一条平行的轨迹上。艾米总避开强烈的情感和令人困惑的事情。她从淋浴室走出来，微微皱着眉头，就发掘和迁葬这些问题缓慢而用心地进行安排。在她用浴巾裹着身体时，她祈求三月的一场大风雪使公墓关闭起来。那天已经比她喜欢过的那种日子忙碌多了。

迁葬的事引起了这么许多麻烦，这会使杰伊感到有趣的。你可以指望艾米做出体面的事情来。她家里人都是很体面的，是从奥德萨[①]迁来的讲德语的犹太人，在德国高级中学里受的教育。他们把艾米培养成人，让她显得品行端正。我想她是有着一位中产阶级主妇的外表，这倒是确实的。相比之下，杰伊喜欢认为自己是一个时髦人，也把自己看做一个那样的人。他追逐妇女，这件事他很擅长。他长得也很俊俏，如果你的爱好倾向于传统的漂亮容貌的话——在他年岁较大以后，就庄重严肃方面而言。他和我在森恩中学读一年级时彼此相识，我当时是一个孤儿——或非孤儿。我们那会儿是亲密的朋友。他父亲开设有一家洗衣店。他母亲不信任我，我始终也没有操心去细想这是为了什么原因。杰伊和我一块儿朗诵诗歌——托·斯·艾略特[②]（他管他叫"埃尔耶特"）和埃兹拉·庞德[③]（他管他叫"傍德"）的诗歌。青年成长时期，他还很欣赏玛丽·斯托普斯[④]。通过他，我才熟悉了《婚后的爱情》。简括地说，他还是一个素食主义者，也是一个"邮政社会主义者"，辩论说所有的企事业全都该由政府经营，就如同邮局那样。后来，有一个很短的时期，他是一个无政府主义者。在所有这各个阶段里，他一直是一个"在女人堆里厮混的男人"[⑤]，女人是他主要的兴趣。艾米·伍斯特林是他的第二位妻子。我猜想他偶尔还记得，我在森恩中学读书时，曾经爱过她，但是那是遥远的过去的事，对他并没有多大关系。他一定早已完全忘了，因为当他跟艾米谈情说爱时，他

① 奥德萨：乌克兰南部黑海上的大港口城市。

② 托·斯·艾略特（1888—1965），英国诗人、剧作家和文学评论家。

③ 埃兹拉·庞德（1885—1972），美国诗人、评论家。

④ 玛丽·斯托普斯（1880—1958），英国节制生育的先驱，著有《婚后的爱情》等。

⑤ 原文为法文。

邀请我到帕尔默酒店去加入他们一块儿洗淋浴。

我问道："她同意这样安排，还是你异想天开呢？"

"我并没有做什么异想天开的事。我问过她，"他说，"她只是耸耸肩。'干吗不呢？'"

于是我接受了。我们在淋浴室里消磨了二十分钟，我们三个人。那天下午较早的时候，他得到法院去出庭，撇下我们两人单独待在一块儿。我就是在那时候亲了她乳房的下面和大腿的内侧的。事后，想到我们在淋浴室里的行为，感到非常不自在——一种极端的不安，一年年变得愈来愈强烈。

杰伊为什么安排了这件事？她为什么同意了？我又为什么去参加？我记得当我们俩单独留下后，她朝着我渴望地张开嘴。不过她并没有说话，我也没有说。

"我想杰伊大概在一本书里看到过'三人行'。也许是哈夫洛克·埃利斯[①]的作品。"我有一回对她说。

在他们结婚后的岁月里，我经常到他们家去吃饭，是他们家的老朋友。

晚餐后，他一般总在唱机上放古典音乐唱片。他主持着这种音乐会——以他那张极端意味深长的脸使你一下子听完了它。特别是那对眉毛。如果放的是《唐乔万尼》[②]，那么他既唱莱波雷洛，又唱唐的歌词。他的音乐欣赏力根本就不好，然而他却比其他任何人更容易为歌词所感动。杰伊可真是一个奇怪的人儿。

---

① 哈夫洛克·埃利斯（1859—1939），英国散文家和医生，研究人类的性行为，提倡女权和性教育。

② 《唐乔万尼》：奥地利大作曲家莫扎特（1756—1791）创作的几部主要歌剧之一，莱波雷洛是歌剧中的人物。

随后，杰伊大约在去世前五年，和艾米离婚了。他制造用来攻击她的那件案子极为丑恶。“一项一目了然的通奸指控。他一下就消灭了你，”艾米的律师说，“他一分钱也用不着给你。”

那时候，艾米自己一点儿钱也没有。财源完全断绝了。她身穿一套简单朴素的服装，比任何时候都显得是那个中产阶级的主妇。她提到那时候，承认说：“我不得不去住在我姑姑多拉女佣的房间里。谢谢上帝，两个女儿全住宿在学校里，不在家。多拉不大乐意收留下我。她又无法给我一点儿钱。当我把大门钥匙塞进锁里时，我听见她跑到自己的房间里去。我在旧钱包的衬里里找零钱，我把手伸进套上套子的沙发里去摸索角币和分币。全亏了杰伊，我才知道被消灭了是什么意思。我不得不学会去为生活而战斗——需要一下丢人现眼的重击，才能使我成为一个顽强的战士。”

这天上午，艾米跟老艾德勒茨基夫妇有个约会。她已经成了一个室内装饰设计师。

艾德勒茨基总随身带着他的活动电话，他打电话给艾米说，他上午十点钟开车来接她。等他准时按响了喇叭后，她走下楼去。她在谢里登路上的公寓大楼门外的遮阳篷上，被一道道炽热的阳光晒得暖烘烘的。一场大陆中部铺天盖地的大雪在芝加哥上空落下。雪片很大。艾德勒茨基的加长的轿车在雪地里缓缓地驶上前来，沿着人行道边上停下。看门人走上前去，把车门打开，又把艾米搀扶进车。她面对着两位老人坐下。

老艾德勒茨基夫人很喜欢艾米。这位女家主也活到了九十岁以上，矮小、轻盈——多少有点儿像一个缎子裹着的虫蛹，不过根本不是蛰伏不动的。她有着超群的智力。她当然知道——她必定知道——艾米的过去。艾米想到这位老夫人的价值，早在本世纪初期就和他们约会了。艾德勒茨基夫人总根据弗朗茨·约瑟夫[①]时代的标准来判断一个女人的举止，而且多少还是以九十至九十九岁老人的眼光来观察。艾米很正确地认为，西吉夫人[②]对庄重女士的看法是传统的那种。可是就连这些老派的亿万富翁，也不得不跟实际的情况妥协。

我没有钱，所以我的私生活多么肮脏并不会有多大关系。艾米心里这么想。

她待自己很苛刻。她的办法是，锻炼自己，训练着在可以把她说成的最糟糕的情况下，也决不退让。老艾德勒茨基夫人渐渐喜欢上了她，把她推荐给自己的朋友。她总说："你们可以信任这个女人的鉴赏力——她不会欺骗你们。"

在那辆暖烘烘的轿车里，艾德勒茨基正从三台电视机上观看新闻和天气预报。西吉夫人，像艾德勒茨基的某些手下人员、公司员工提到她的那样，以艾米所谓的她的那种"来世的"和蔼愉快向艾米表示欢迎。她的鸟儿般的两腿倾斜着并到了一块儿，或是搁在一旁，直到需要移动的时候才移动。她的短皮上衣朝后褪下。她正在呷咖啡，就仿佛外环大道上午前忙碌的来往车辆根本不存在似的。

"早，艾德勒茨基夫人。早，西格蒙德。"

"也许，咱们今儿最终可以结束掉跟海辛格的这些谈判啦。"

艾德勒茨基夫妇正在买下东湖滨大道上海辛格的那套高大的二

---

① 弗朗茨·约瑟夫，即奥地利皇帝、奥匈帝国皇帝兼匈牙利国王弗兰西斯·约瑟夫一世（1867—1916）。

② 即艾德勒茨基夫人。

联式公寓房间。谈判已经进行了整整两星期。海辛格和他妻子坚持要艾德勒茨基夫妇也买下他们的家具。艾米的任务就是：仔细评估椅子、沙发、地毯、床架、梳妆台等的价值——甚至还评估窗帘的价值。“当然，他们这些东西我们全都没有用，”西吉夫人说，“它们全要被送进迈克尔·里斯医院的廉价旧货铺去，我们就拿点儿国内收入署①的慈善扣除数。”

老博多·海辛格的年纪远不像艾德勒茨基这么大——艾米估计他只有六十五六岁——显然感到作为一个金融家受到了挑战，一定得毫不退让，顶住西吉·艾德勒茨基的还价。海辛格是一个一帆风顺的玩具制造商，曾经使顾客们很不好受。

“但愿我太太没有一心想买下这个住所，”老艾德勒茨基说，“我们这些年轻的家庭主妇初始进入生活时，是什么情形呢？可是弗洛伦斯②却非要这所房子不可——要重新装饰，等等。的确，从里面看到湖③上的景象是绚丽多彩的。不过这个博多·海辛格作为一个卖主，把自己看得太了不起啦。过分了不起……”

“他得向他太太表明……”

“啊，他太太。他当然想那么做。不过他绝对办不到。他怕他太太怕得要命。”

“多年前，他太太是杰伊的一个当事人。”艾米说。

“我并不感到惊讶。”艾德勒茨基说。他难得真正感到惊讶。他从来没有会见过杰伊·伍斯特林，但是在对艾米进行一次调查时，如同这样一个人必然要做的那样，他知道了需要知道的有关她从前

---

① 主管美国国内赋税收入的美国联邦政府机构。

② 艾德勒茨基夫人的名字。

③ 指密歇根湖。

丈夫的一切。杰伊并不是一个知名的律师——他并没有政治门路，这在这座大都市里是一个严重的不利之处。他要了些错综复杂的商业手段，那是很愚蠢的。他的档案里证明文件过多。这是他保持完整的记录所玩的一个花招，但是实际上并没有那么多需要记录下的。聘请他办事的当事人，是从前北区的老邻居，是他父亲的哥儿们。他替他们起草遗嘱；当他们把房子卖掉时，他参加他们的交割会。我本人从缅甸和危地马拉回国后，就去找过他。如果你目标明确，想核查一下杰伊的精心制作、复制和制成三份的意向，他可能和另外一个律师一样出色地办好你的文书工作。

“是一件什么案子？”艾德勒茨基问。

“她的一位前夫。”艾米说。

“产业问题吗？”

“一定是的。您总记得。”她改变了话题，“我今儿下午在公墓里有一个特别的工作得去做。除非由于这场大风雪，它可以被取消的话。”

“你不能倚仗这个。实际上并没有大风雪。只是湿雪，不会凝结起来的。根据电视台最新的报道，这样的天气必然要出现在密歇根州和印第安纳州。”

“整个下午都会是碧蓝的天空，阳光普照，”西吉夫人说，“要穿靴子，外边那儿需要。”

“到眼下为止，我一点儿也没料到得去。”

“你告诉过我这是怎么回事，奎格利替你办好了发掘尸体的许可证。”奎格利是艾德勒茨基聘用的律师中的一名。“但是我仍旧不清楚，这个人为什么得迁葬。”

艾米想到，艾德勒茨基是想让西吉夫人听听详细情况，干吗不呢？那位老夫人——年纪非常大——低下头静听着，把一切全听进去了。

“得把你丈夫的棺材发掘出来吗？”

“多年以前，我的父母在瓦尔德海姆公墓里买下了墓穴。等我母亲去世后，我爹爹突然说，他不要那片空穴——他的穴位。他开始说：‘我要那片地干吗？我打算把那片地卖掉。’”

“你父亲多大岁数啦？”

“他现在八十一岁。”

“他神志很清醒吗？”

“我无法说他过去……或是现在神志很清醒。”

“老糊涂了吗？不过不是早老性痴呆病吧……”

“那并不一定是早老性痴呆病。他拿定了主意要把他的墓穴卖掉，他一天天回到这件事上去。不知为了什么，他坚持要杰伊买下它。那就是我已故的丈夫，艾德勒茨基夫人。”

“这我已经猜到啦。”

“杰伊喜欢这样的玩笑。他常挑逗我爹爹，说：‘您不想葬在您妻子的身旁——你们俩永垂不朽吗？’我爹爹就回答说：‘不啊，我宁愿要这笔钱。这是愚蠢的。就我来说，留着那片地并没有意义。我需要它干什么呢！你从我手上买过去。’杰伊说：‘要是我躺在她身旁，您不会嫉妒吗？’他就对杰伊说：‘我的性格中不知什么叫嫉妒。我生性就不嫉妒。’”

“你的老爹爹还活着吗？”

“是啊。他住在一个福利院里。”

“但是他达到了目的，是吗？”

“对。听杰伊说起来，那是一件骇人听闻的事。不想稍许听上一点儿。杰伊说：‘我这么做，只是为了不让那个老家伙跟我烦。’我表示反对，可是我的反对并不起作用。最后，杰伊开了一张支票给我父亲，地契就依法转给了他。杰伊没有想到他会死在我父亲前面。几年以后，我们分居了，后来就离了……”

“你丈夫后来走下坡路啦……”艾德勒茨基说。

“放弃了他的律师工作，失去了他的健康。完全就靠从他母亲那儿继承来的那一小片土地生活。那片土地，首先来说，收入并不很多。他住进医院后，要求见见我；我上医院去了，陪了他一些日子……他患的是什么病吗？”她回答了西吉夫人抬起的敏捷的脸上那种询问的神色。“他患的是心机能不全。他的肺给填满了。”

“所以到他去世时……”艾德勒茨基把艾米引向一个结论。

那辆巨型的、磨光的、音乐会用的大钢琴式轿车驶离了大道。透过浅色玻璃车窗，看不见什么可以辨认出的东西。

“他的孩子们在杰伊的银行保险箱里找到了墓穴的地契，他们就把他葬在了我母亲的旁边。”

“但是你会需要那块空地的……”

“我想不久会需要。”

“在他葬下后，不能就听它去。”艾德勒茨基夫人说。

“伍斯特林的孩子们反对搬动他吗？”

“只要不用他们花钱，就不反对，”艾米说，“他们在这一条件下同意搬迁。”

“你去看你父亲时他认得出你吗？”

“不常认识。他内心的图像不断地改变。”

几何图形的潦潦草草的光图，像在电视机屏幕上那样。

西吉夫人不想老谈那位父亲。她就要买下一套新公寓房间，重新装饰和布置。仿佛她是一位新娘那样。“你已故的丈夫有着什么样的幽默感啊。”她说。

杰伊实在喜欢让大伙儿看他演戏、款待、创新。他是一个身材矮胖的人，跳起舞来，晃动着宽阔的屁股，不过他的脚很灵活。十分整秩，可以称作敏捷。在学校读书时，他总扮演吉基尔博士变成海德先生①，用一支手电筒照着他的脸，就像在电影里那样。约翰·巴里莫尔②，是吗？还是他的哥哥莱昂内尔③？再不然就是朗·钱尼④曾经在《巴黎圣母院》中扮演卡西莫多的那个了不起的千面人。

“你独自一人把一口棺材搬迁到另一片墓地去吗？”西吉夫人说，“有什么人陪着你一块儿吗——一位朋友或是你的一个女儿？”

“我的一个女儿结婚了，住在纽约。小的一个是西雅图⑤大学里的一个学生。”

艾德勒茨基也同意他太太的意见。“你应该有一个帮手的。”

海辛格公寓大门外的遮阳篷用帆布四面遮护着，受不到疾风的吹拂。他们走进了那台豪华的电梯。涂金的天花板使人想起一座拜占庭式⑥小教堂。墙壁是用皮缝起的。艾德勒茨基夫妇一块儿在

---

① 吉基尔博士是英国小说家斯蒂文森（1850—1894）写的小说《化身博士》中的主人公，海德先生是他的化身。

② 约翰·巴里莫尔（1882—1942），美国著名演员、电影演员，曾在影片《化身博士》中扮演吉基尔博士。

③ 莱昂内尔·巴里莫尔（1878—1954），约翰的哥哥，也是美国著名演员、电影演员。

④ 朗·钱尼（1883—1930），美国著名电影演员，擅长表演可怕的角色，有“千面人”之称。

⑤ 西雅图：美国华盛顿州西部的港口城市。

⑥ 指拜占庭帝国（即东罗马帝国）的艺术风格，其特点是突出正规的宗教象征，缺乏立体感，色彩华丽耀眼。

一张有靠垫的座位上坐下。一个默不作声的开电梯的把他们送上了十六层楼。那扇黄铜门，钻石形的一列列，悄没声地打开。博多·海辛格坚实而严肃地站在那儿等候。他穿着一身普通服装。等他走动起来时，你很惊讶地看到他脚上穿的是地毯料制的拖鞋。他和两位老人握手，又朝艾米点点头。艾米默默地注意到，那儿有亿万富翁，也有些不相干的人。

“伍斯特林太太是上这儿来做些记录，以便估出价钱来。”艾德勒茨基说。

他讲话里有些乡音的痕迹，不过他的商业英语倒是很出色。

“要是你们觉得自己得有一位估价人的话。”海辛格这么说。他把他们领到了俯瞰着湖水的一间房里——几百英里的湖水在灰白的带雪的云层那边延展开。房里有一张赌博圆桌：是十八世纪爱尔兰式的——艾米已经把它记下了——绿皮面子，镶有一圈金边。这是少数几件真正的好货之一。海辛格为了策略上的缘故，想要在这间房里把这事办成功。家具中其余的部分——艾米跟她的商品市场专家们都已经仔细看过了——总共并不值多少。

老艾德勒茨基不动声色地听着。当博多说他太太这就要来时，感兴趣的是那些女士——最感兴趣的就是艾米。西吉夫人已经会见过这位难以捉摸的海辛格太太了。因为她的确是难以捉摸的。还不止如此，马奇·海辛格是一个声名狼藉的女人。丈夫和她离了婚，后来又和她结婚。杰伊·伍斯特林早先在一件不相关的法律事务上，曾经代表过海辛格太太。他告诉艾米，海辛格太太给他留下了真切而重大的印象。他从事务所回到家，笑嘻嘻地说，描绘，或者试图描绘她。“她直言不讳——她可是一个地道的虚无主义者。她自己也这么对你说。”

西吉夫人曾经告诉艾米，海辛格太太穿埃斯卡达[①]制的套装和尼娜–里奇[②]的连衣裙。“她的一举一动都很挑逗人。”那位老太太加上一句。

唉，倘若海辛格太太是挑逗人的，那么她大概也撩拨过杰伊。那样会十分合他的胃口。她可能是有一笔数目较小的法律账款得付，而不是一个不大激动人心的当事人。（那时候，她还没有嫁给博多·海辛格，金钱可能是一件得加以考虑的事。）杰伊的当事人常常是一些问题女人——是一些虚无主义者，要是你喜欢这么说的话。这也是杰伊爱用的名称。这种女人带进他事务所去的激动，对他的意义远大于所收的费用。假如性感就像喝醉了酒那样，那么杰伊多少就像一个喝醉了酒的司机。

到那时候，我在他眼里就不再有什么真正的趣味了，艾米这么想着，一面把编织的蓝套装的裙子朝膝部拉了拉。早在他们结婚后不久，她就看出了这一点。这天早晨，艾米使用了不少化妆品，特别是在眼睛四周，因为那地方最需要。她的圆脸显得很镇静，虽然内心的测算机高速地运行着。年龄有时给体形丰满的女人带来不修边幅的外表。但是很明显的，她依然控制着自己的仪表；她的特性与才能全都集合在一起——它们全都呈现出来。她是一个美人儿，肌肤还很光洁；她甚至低声细语地说话，也像一个美人儿。

假如她是我的妻子——不是杰伊·伍斯特林太太，而是哈

① 埃斯卡达是德国人沃尔夫冈和玛格雷特·莱于 1976 年开设的妇女时装商店，其分店及代销店遍及世界各地。

② 尼娜–里奇是法国人尼娜·里奇及其子于 1932 年在法国巴黎开设的一家妇女服装与设计公司。

里·特雷尔曼太太——那么到她刚过五十岁时，她的身体可能会显得……不啊，会是很不同的。我可以给她提供一种精神上的、富有想象力的调和。

那时候，艾米和艾德勒茨基夫妇坐在暄和的顶楼房间里，等候海辛格太太到来。最后一点儿雪花随着气候体系越过湖面消散去，强大的气流从西面过来，使天空和湖水这两大片蓝色全都变得清澈、明净。博多·海辛格现在说的话是，马奇很关心家具估价的事。这样可不成。她是在最上等的铺子里，主要是在商品市场，买下这些沙发、椅子、断层式橱、地毯、悬挂物、镜子和绘画的，并没有室内装饰设计师指导她。她把账单全都保留着。

艾德勒茨基先生很有分寸地说道："是十年前，甚至十五年前吧？"

当然喽，博多·海辛格说，但是古董的价值，像这张漂亮的爱尔兰式赌博圆桌，全都涨了一倍。

"我们拿到了你的估价单。伍斯特林太太正在准备她的估价单。"

在得克萨斯州首府奥斯丁出版的那本巨大财富的指南上，艾德勒茨基远远排列在马尔科姆·福布斯①和有线新闻电视网的特纳②的前面，而博多·海辛格根本就没有。从前，他制造玩具水枪，玩具小手枪，有发条的母猴儿——它们在晃动一面手拿镜子时，还梳理着自己的猴毛——当然，现代儿童想要一些肌肉畸形发达、容貌变形的丑陋的外空人。他早料到了这一点——他的公司经营得十分兴旺。艾德勒茨基非常宽容，听任博多去扮演大资本家。提出的钱

① 马尔科姆·福布斯（1947— ），美国《福布斯》杂志社总裁，是千万富翁。

② 特纳（1938— ），有线新闻电视网的创办人，亿万富翁。

数，对艾德勒茨基夫妇是微不足道的，就像从麸子口袋里掉出来、从沙发靠垫之间落进衬料里去的零钱那样。

西吉夫人可能会感到关切，唯恐海辛格把事情做得太过火。她一心想要买下这套公寓——她是一位如此富裕的女人，没有理由不该买下它。可是博多已经开始使艾德勒茨基感到厌烦，接下去就会激怒他。他很可能会站起身来冷冷地告辞。

唔，也许，艾德勒茨基年轻的时候，在他发家致富的日子里，曾经是一个傲慢专横、性情暴躁的人，容易发怒，不很耐烦，涵养较差。我最近的印象是，他现在比过去有节制多了。海辛格的这种“谈判姿态”是有其理由的。这一点艾德勒茨基心里明白。就连远处的一个商业巨擘，单单因为居住在这儿，也免不了会知道。这件事报纸上和电视广播中全都报道过了。马奇·海辛格是那个犯罪的妻子，被判试图把这个年长的玩具制造商杀了。

在这之前好几星期，艾德勒茨基曾经和我谈论过这件案子的经过。我已经不再是他智囊团中的一员，不拿他的待遇了。这时候，我正经营着一个很赢利的买卖，已经停止接受他的津贴了。不过我对于开始使他感兴趣的那类问题——人性问题——相当熟悉。他看得很明白，他称作“你的好朋友伍斯特林太太”或是“你庇护的人”的那个女人，在我的感情中占有一种特殊的地位。而一个像我这样的人对任何人竟然抱有这样的感情，这在他看来可能似乎是奇怪的。他有一两次对我说：“我并没有把你当做一个特别注重情感的人。不过这一切只意味着，我衡量你的时候，漏掉了一点儿什么。咱们都是古怪的犹太人，哈里。但是我挣得了这一大宗财产，这恰巧也是一件很代表犹太人特点的事。”我意味深长地耸了耸肩，表示同意。他也没再把这种想法进一步说下去。

“但是说到海辛格夫妇……开庭审问的时候，我不在本市。”艾德勒茨基说。

“五六年前，她雇了一名刺客，要刺杀她的丈夫。杀手是她多年以前就认识的一个人——很早以前，经常和她很要好的一个人。”我向他解释说。

“那个杀手伤害到了海辛格吗？”

“大概没有。博多把枪从他手里打掉了。那家伙逃跑啦。手枪上有指纹。警察查出了那个人，他指控了马奇·海辛格。”

“于是她被判有罪吗？”

“两个人都被判有罪，关了三年……”

“他们获得假释了吗？”

“对。海辛格撤回了他的控诉。他要马奇回去……

“他一定是一个溺爱问题女人的人。”艾德勒茨基说。

“他第二次和她结婚。她提出的条件之一就是，那个杀手也得获得自由。他在监狱里服刑，她就不可能快乐。她答应不再跟那个人重新来往。”

“于是他们第二次结婚，几乎和新婚一样重新开始。”

“对海辛格来说，这一定很大胆——像一场革新一样，”我说，“就像一种关系中的一个重要转折点那样。一个不受舆论左右的人。”

“就什么方面而言？”

“啊，就容易上当受骗方面而言，就年龄或是潜力方面而言。他对一个雇人杀他的女人又张开了两只胳膊。他公开出面，宣布说，他不怕再和她结婚。他把旧道德、旧希望、旧习惯全都抛开了。”

艾米认为博多多少有点儿像她的前夫，她已故的丈夫杰伊。两人都感到虚无主义是性感的，而且似乎都认为，没有真正的性冲动不是公开反抗一切禁忌的。杰伊和老海辛格全都不是十分机智的。极为性感的人时常是愚蠢的。共同的愚蠢用独立的或毫无拘束的语言表达出来，是一股重大的力量。这种男人的吸引力是直接瞄准女人情感中聪明伶俐下面的那些层次的。一个海辛格那样的男人的力量，就在于他的直率的男子气概。他是直截了当的、身体壮实的，尽管年纪已经不小，干劲却还很足——不怕接受测试。他显示出来，或者设法显示出来，他对那个犯人男友并不感到担心。那个男友已经受到了惩罚，马奇也受到了惩罚。大伙儿都受到了折磨。艾米设法按着博多的思路去想，感到他是想到了余下的岁月，十年左右："最后的几年。"如同传记作家提到那几年时那样——是一个"成熟"、接纳、和好、慷慨、全面宽恕的时期。她猜想海辛格是一个过于有局限性的人，根本不知道自己可能多么错误。杰伊也想出过一些哪个别人也无法接受的富有刺激性的计划——过于矫揉造作，无法用实际词语表达出的那种设想。

我把这意见尽可能明白地向艾德勒茨基说清楚。他对理解这一点毫无困难。他想从他的智囊特雷尔曼这儿听说到的，也正是这个。他可是一个专心致志、一丝不苟的听话人。

假如博多·海辛格和杰伊·伍斯特林之间有些相似之处的话，那么他们的妻子之间会不会也有些类似的地方呢？艾米料想可能有一些。当然，海辛格是一个富有得多的百万富翁。杰伊·伍斯特林的父亲留有一些钱，但是杰伊很不善于经营。他对于银行、利率、投资都很笨拙。杰伊母亲比她丈夫多活了二十五年。虽然她为了杰伊，尽量减低开支，生活得像一个乞丐，到头来，杰伊还是不得不养活她。

我和那位母亲很熟，她不喜欢我。她认为对杰伊来说，我是一个不受欢迎的朋友，太自私了——是杰伊把自己的零用钱花在他身上的那个孤儿。等我们成为青年人，在胡同里玩拳击时（手套是他的），伍斯特林太太指责我，说我会击中杰伊的面部。

“不过我也时常击中哈里……”

她总朝他摇摇那个没有头脑的大脑袋。杰伊为他的母亲感到很窘。她生着一双很像她儿子的含蓄、愚蠢的黑眼睛，却不失为一位健美的女人。她家里人多少可以说是把她卖给了比她大上好多岁的老伍斯特林。他让她在自己的洗衣店里干活儿。她为人千依百顺，愚蠢笨拙，一心就顾着她唯一的孩子杰伊。或许，她黝黑的眼睛里显示出的不是愚蠢，而是抑制住的性欲。她是一个乡村老女人，替儿子拟定了他的生涯，他要成为一位著名的律师，挣上许多钱，还发表一些演说，报上全都报道出来。就像克拉伦斯·达罗①一样。但是杰伊是一个喜欢在女人堆里厮混的男人。也许，就连他的迟钝的母亲也知道这一点。

我看到自己在这各色各样的人里，在他们的动机、他们的行为举止中玩乐。而我真正关心的，就只有他们中的一个人。现在已经有好多年，我每星期总跟艾米进行好几次假想的会面和谈话。在这些内心的谈论中，我们回顾了我犯下的所有错误——错误可不少——最糟的就是，我没有追求她，争取她。

她可能会说：“在咱们的一生中，你到底待在哪儿？”

这句话问得好！

---

① 克拉伦斯·达罗（1875—1938），美国名律师。

不过这会儿，这并不正是我心里所想到的。我想到的是其他的人：博多·海辛格、马奇·海辛格，以及艾德勒茨基夫妇——尽管他们拥有万贯家财。还有，我想到了艾米的年老的父亲，把自己的墓穴卖给女婿的那个空想家。

杰伊为了这场玩笑，买下了岳父的墓地。这使他在标准俱乐部进午餐时，有一件引人发笑的事情可说。

这些全是普通人。我决不会让他们认为是这样，不过承认我瞧不起他们是时候了。他们缺乏较高的目的。他们是我们群众性民主的一般产品，对于人类历史并没有做出什么突出的贡献，只满足于积累金钱或作为性爱之神堕落的孩子，勾引妇女，交媾，在床铺上繁荣昌盛。身为男性，可是并没有大丈夫气概；男人和女人全都一样，靠着陈腐乏味的思想生活，没有美，没有德行，没有最最些微的独立精神——就金钱和私人财产而言，是享受特权的，是人类征服大自然的受益者，如同启蒙运动①预见到的那样，又是改变了物质世界的高技术成就的受益者。就个人而言，我们私下无法胜任这些集体成就的范畴。

但是虽然我有这种感觉，并且作出了这种判断，我却无法使自己摆脱掉这一习惯：留神注意着。比方说吧，杰伊·伍斯特林母亲含蓄、愚蠢的黑眼睛里，或是博多·海辛格的第二次婚姻里的高度容量与初现的强大力量的闪光。博多·海辛格第二次又娶了因为阴谋干掉他、杀死他、开枪把他击毙而被关在牢里的前妻。

我本人似乎在做一件蠢事，专门从几类显然致力于枯燥无聊工作的典型人物中去寻找最高能力的迹象。

---

① 指18世纪欧洲以推崇“理性”，怀疑教会权威和封建制度为特点的文化思想运动。

我早就疑心我母亲是一个猜想自己有病的患者，时常感到纳闷，不知道她是否对我做了这件事，把我安置在一所犹太孤儿院里，我在那儿受到教育（不过当时并不同意）说，犹太人是上帝的选民。这可能就是我的那种信念的核心。我相信人类天资的力量，存在于你最没有料到它们的地方。不错，就连在我的一位朋友有一次描绘为“弱智者的地狱”里，也是如此。

我对（个人的）这种仔细察看容貌和举止的习惯，并不要求得到什么。它全是凭直觉知道的。没有一件事可以证实。很可能，这是从犹太人遗留下的一种神经冲动中残存下的，它在某些情况下，依然发挥着强烈的作用。

我生着一副中国人或是日本鬼子的容貌，难得被人当做是一个犹太人。我想这里面有一些好处。当你给认出是一个犹太人时，你就成了可以取笑的对象。行为的规则改变了：从某种意义上讲，你就成了一个可以牺牲的对象。话说回来，艾德勒茨基是世界上最富有的人之一，用不着在意人家是否尊重他。他明摆着就是犹太人，因为各方面看来全太明显了。再说，你的看法对他压根儿就不相干。但是博多·海辛格的情况就不同了。你无法说博多是不是一个犹太人。一个犹太人会把一个被判有罪、策划要暗杀他的女人离了，又娶回去吗？这么做使他远远背离了犹太人对夫妻关系的任何概念。

那个老玩具制造商需要有事情可干，所有那些别出心裁的办法和丢脸的丑事。他仍旧驾驶着他那辆内心里的摩托车，而且就仿佛沿着大峡谷[①]的边沿在全速行驶。他把那个杀手的手枪从他手里打

① 大峡谷：美国亚利桑那州西北部科罗拉多河的大峡谷。

掉了。他把那个人送进了监狱。接着，他又使他获释出来。当孩子们的需求越发令人反感，威胁到太空人玩具娃娃时，他预见到了这种趋向，在这一产业中销售量领先。

这时候，马奇进来了。艾米想起十五年前，她是杰伊的当事人时，自己曾经会见过她一两次。她显得很不寻常。艾米承认，她是妩媚动人的。她身材苗条，臀部也不肥大。关在监狱里，一定反倒使她的身体情况保持得很好。她的胸部很丰满，生着一张鹅蛋脸和一个形状端正的头。她容貌很美，是一个惹人喜爱的金发娘儿们，头发用发夹紧紧别着，几乎到了紧张的地步，后面全编结起来。艾米从埃斯卡达的一扇橱窗里看见过她穿的这套丝绸衣服——她身上穿了五千元，再加上手指上戴的衬托的蓝宝石和耳朵上垂下的耳环。那几绺散披在外的金发似乎具有很强的独立性。在荒野里（艾米允许自己设想出一个有趣的形象），你可以使一条鲑鱼飘扬出这种发丝，并使它附着在一根别针上。她在监狱里待了四十个月，大概都是穿着粗蓝布衣服或是长劳动服。但是如今，随便什么地方都没有一点儿监狱的阴影了。只不过是更换了一下场景和服装。她很妩媚，艾米心里想着。只是这个女人的鼻子生得不好——鼻尖过于丰满，不大像女性的。因此，更有理由该让那个性感的胸部陈列在埃斯卡达的衣架上。她穿着一件丝绸衬衫，袖口有着褶边。这个马奇·海辛格真是一个引起性欲的可人儿。想想看，她要是裸体躺在那儿，一丝不挂，只戴一些蓝宝石，用一些诱惑性的甜言蜜语把一个男人引向她，那会产生什么样的效果。再加上（咱们不要省略了这一点）一次图谋杀人的独特情趣。

那个她蓄意谋杀的对象博多，为她感到非常自豪，她为他，一个年老的制造商人和供男女儿童玩耍的肌肉发达、令人可怕的激光武装的太空人的全球推销商而感到非常自豪。这时候，他在向新闻界和电视界断言，自己的爱情多么强烈。他还在供人记录之下宣称，他也是“反正统文化”① 的一个颠覆性成员，不是中产阶级一分子，而是一个虚无主义者，跟犯罪阶级结成（或者几乎结成）了一伙。我又从博多和我童年的朋友杰伊·伍斯特林身上，看到了类似之处。得到女人的敬佩对他们一直意义重大。

我猜想，马奇在狱中——她在那儿有不少时间思考——大概想到博多并没有多少年好活，所以并不需要雇人杀掉他。后来，他写信说，他可以安排好使她获释——他要她回家。

唔，现在她来了，对艾德勒茨基夫妇很殷勤，同时又斜眼打量了一下艾米。

是一场大风雪吗？不，并不是。只是一场带有雪的风暴。天空晴朗以后，湖水也灿灿发光了。

艾米生着滚圆的眼睛、柔和的脸蛋儿，鼻梁微微有点儿钩。那双眼睛要是生在一张稍微有点儿扁平的脸上，往往就会给她一种傻呵呵的神情。这些肯定就是马奇得出的概括的结论。

“噢，你就是伍斯特林太太。你已故的丈夫——很对不住，我是说你的前夫——多年前帮我处理过一件法律事务。”

“我想咱们一块儿在诺马德斯吃过一顿晚饭。”艾米说。

“是呀，想想看。你现在已经使自己成为一位有名的装饰设计师了……”

“是呀，艾德勒茨基先生和夫人留下我，要我对你的东西提出一份估价单。”

---

① 指20世纪60年代和70年代美国青年中形成的一种文化群落，表现为反传统的生活方式和思想道德观念。

“这些东西质量全是上等的。那几件中国家具全是真货，由旧金山的冈普[①]鉴定过。在有几笔买卖中，我们的顾问是迪克·厄尔德曼——”

艾德勒茨基说：“我可不容自己牵连在付给厄尔德曼那种职业装饰设计师的增多了的费用里。如果你的家具这么美妙，你应该自己留着。我太太会按照自己的爱好重新布置。”

马奇揉搓着涂有指甲油的手指，仿佛要搓去一些看不见的线头或是粘在上面的东西似的。“在一个像你们这样的境况里，艾德勒茨基先生……”

“我是一个有意要买的人，你是一位卖主。别去管我的境况。这就是这笔交易中的一切。”

“对，不过咱们并不是从零开始的。”马奇说，“咱们双方都不是完全不知名的。”

“你这话什么意思——是说我们全都上过报吗？是说你的家具就要成为一项谈话资料吗？像肯尼迪家[②]的那场拍卖吗？我们对于买一些话题来谈论，并不感兴趣。”

马奇合抱起两只胳膊，来回走着。她极为焦躁不安，走到两扇玻璃门之间，走进那间长起居室去，仿佛她在察看那几张沙发、靠椅、波斯地毯，又把自身的一点儿什么也安放到它们里去似的。是一点儿性感的东西吗？一点儿犯罪的勾当吗？她坚定地维护着自己的重要性。她决不想让你忘记。她把自己的重要性摊开，分散到四处，洒向各方。她可不是不为什么坐牢服刑的。我遇见她的时候，

① 冈普：美国旧金山的古玩商。

② 肯尼迪家：美国马萨诸塞州爱尔兰裔政治家家族，族长 J.P. 肯尼迪，第二子即美国第三十五任总统约翰·肯尼迪（1917—1963）。

她使我想到一门场论课程[①]，我是说心理学场论——我做学生的时候注册过这门课——跟一片心理领域在心理影响下的心理特性有关，那种心理影响就像引力。然而，艾德勒斯基可不准备给她任何场地。有许多公司主管人员、财政部官员和不止一位外国首相，对于艾德勒茨基全盘拒绝接受对方的讨价还价前提，全有一些趣闻可说。

“你总得考虑到我们不得不承受的损失。”博多说。他正拿着一只文件夹，里面夹满了文件。

“除去我们自己保留的几件东西，”马奇说，“我们对我们东西的估价是一百五十万。我已经从两百万降低下来了。”她甚至更紧地合抱着两只胳膊，手指间还夹着一支香烟，举得很高，靠近自己的肩头。

艾德勒茨基说，卖主海辛格正在给他自己一份红利，把他在讨价还价中作出的让步又收回去了。“既然海辛格太太把个人的种种考虑也提出来，给这些椅子和沙发增添了价值，我可否也说一说，就我本人而言，在九十岁以上，如果我不买下这套公寓，我就到另一处去买。我这岁数的人是不会一心想要购买下一件特殊东西的。西吉夫人和我都没有问题，住在现在的住处也十分舒适。”

马奇两边肩头上的姿势变得微微有点儿发僵。她把头挺直起来，使你觉得她正对房间里温度的下降作出反应。“艾德勒茨基夫人在这儿会很快活的，”她说，“你大概能说动她别感到不快，不过她已经很适应这些令人十分舒适的房间了。”

一对墨西哥夫妇，默不作声的印第安人，这时候走进房来，端

---

① 场论中量子场论是物理学术语，指用微扰理论处理方式来研究两个粒子或两个粒子系统之间的相互作用。

来茶和咖啡。女人头发编成一条辫子，拖了下来。男人的脸很宽，皮肤褐黄，近乎红棕色，额头扁平，剪短了的黑发闪闪发亮。他把那只大银托盘放下，他妻子把杯子和碟子安放好。马奇把仆人打发走，亲自来倒茶和咖啡。

艾德勒茨基夫人要了茶。

“请给我也同样倒点儿茶。”马奇转身对着艾米时，艾米这么说。她举起茶杯，马奇把壶嘴转到一边，把热茶对着艾米的大腿倒了下去。

“你烫着我啦。”艾米高声说。她一下站起身。

“啊哟，我这人多笨。”马奇说。她对自己很严厉，用鼻音这么说，仿佛房间里没有别人似的。

艾德勒茨基把自己的小毛巾递给艾米。

“你烫着了吗?”马奇说。

“我先前可比这会儿好，”艾米说，“侥幸我穿着这套厚花呢衣服。”

“我多么蠢，竟然自己来倒。”

“自己来倒!”艾米后来叙述那一时刻时，这么说。“我当时要是在那儿真会把她的两眼挖掉。”

“要是这房子里有烫伤药膏，你该擦点儿。”老西吉夫人说。

“或者用芦荟叶——那更好，”博多说，“我们在厨房里总放有一盆芦荟。”

“你可否指点我到浴室去怎么走?”艾米说。

“我来领你去，”马奇说，“我能做的就只有这一点儿啦。”

在她们匆匆走出房时，那个美满的自我陶醉者博多，用他那张凹下去的脸上的一对眼睛好心肠地注视着。“人家说芦荟叶得是长了三年的，才好把烫伤的灼痛消除掉。一棵小树可办不到。”博多解释。

马奇走动得很快，艾米倒比较慢点儿，她正在抑制住怒火，预备说点儿什么话……这并不是意外事故。没有一滴茶倒进了茶杯。你在监狱里确实学到了一两件事。可是你已经回到平民生活中来，是该认识到的时候了。我们可不是待在铁窗里。

艾米怒容满面，斥责那些华丽而俗气的房间。那些房间全令人作呕，都是由迪克·沃特丘麦卡勒姆①和他的男性班子用粗俗的手艺装饰的。他们全身穿阿曼尼②服装。紧身长靴，裤腰低到臀部。

马奇带着一丝十分愉快甚至友好的微笑转身对着艾米。这时候，艾米看到，博多·海辛格正从走道的另一头走来；他手里举起一片芦荟叶。这本会使她感到好笑，倘若她当时不是那么生气的话。马奇接过那根绿色叶茎，打发博多回到艾德勒茨基夫妇那儿去。浴室里的灯点亮起来。“你用不着跟我一块儿进去。”艾米说，一面迫使她站到一旁。她注意到马奇正朝她笑着，似乎对艾米表现出的发怒更加感到高兴。

等艾米对着马奇把门关上，锁好以后，她不得不承认，自己并没有严重烫伤。不过把茶故意倒在她大腿上，却是一个伤害行为。接下来那个女人又想闯进浴室里来。这是成年以后，就连亲姐妹也不会做的事。这使艾米考虑到：她的神志是否正常？就连在女监里，也一定有某种程度不受干扰的自由。如果这个女人神志是正常

① 沃特丘麦卡勒姆（whatchumacallum）是“你管他叫什么”（What you may call him）的谐音。这是作者杜撰的姓氏。

② 阿曼尼（1936— ），意大利时装设计师，美国纽约市吉奥尔吉奥–阿曼尼公司总经理。

的，那么她从服刑期内得到的好处，比应该得到的要多。马奇找出种种借口把上等妇女的行为准则抛开。并没有理由认为，她经过临床诊断是疯狂的。一个蛮横的女流氓。也许，当你是一个犯人时，你学会了一些男性的做法。不过那并不就意味着神志不清。

海辛格家的浴室也装修得过了头——厚毛巾太多，器具也太多。虚弱的老艾德勒茨基夫人要是坐在那个深红色的极可适意牌①浴盆里，艾米简直连看也看不见——老夫人会被水冲走的。在浴盆旁边，是一个抽水马桶，盖子上有一个装有靠垫的罩子。艾米褪下内裤，刚坐下，马奇又走进来了。她是从主卧室走进来的。马桶装在旋涡盆和淋浴间之间凹进去的一块地方。艾米没有注意到铺有瓷砖的这间房实际有多长。再向里去，有洗脸盆和几道嵌有镜子的墙壁，里边还有一间梳妆室。

“我想我从小到大并没有受过很好的教育，”艾米说，“不过我却知道，这是唯一一处应该不受人干扰的地方。”

“唉，我给了你充分的时间去检查一下烫伤的地方。茶是微温的，不是滚烫的。那些墨西哥人烧出很好的咖啡来，但是他们不知道怎样沏茶。我给老夫人倒进杯子时就认识到，茶是温热的。我想和你私下谈谈，只有你和我一起待上一会儿。我的意思就是这样。博多把芦荟叶送来，是不是很体贴呢？这是他的一种特殊的补救办法。不过我本人可以看出来，烫红的地方并不太严重。你腿上弄湿了，说来很对不住，清洗的账单由我来付，但是茶是没有渍印的——我年轻的时候，我们常用茶水把污点搓去。”

“唔，让我把衣服穿好。”

---

① 极可适意牌：一种旋水浴盆的商标。

“好，你整理一下，亲爱的，别在意我。”

“你的一举一动真像是个泼妇，”艾米说，“你是不是总干出一些你脑子里一时突然想到的事情呢？”

“哎，我至少并没有安排好了要谋杀你。”

“她拿自己试图谋杀海辛格的那件事开玩笑。”艾米后来对我说。

“我知道你心里感到不快。不过我把你看作会见到这事情的玩笑一面的那种女人。”

“你是说把茶倒到我的腿上吗？”

“我已经说明了为什么。它的确发生得快了一点儿，我承认。我脑子里一想到，顿时就做了。正如你所说的，这个念头一下子冲了进来。不过这多少也是一种评论。你看来就像如此该死的一位女看守。”

“你要是脸上有些抓伤的痕迹，看来会是什么样子呢？”

“这不过是说说罢了。你会在艾德勒茨基老两口儿面前把事情弄僵。端出你这种雍容华贵妇人的态度来，对你有好处。西吉夫人在她那个亿万富婆的社交圈子里，可以使你成为一个很受欢迎的室内装饰设计师。要是我听任卫生纸没放好，就这样回屋去，那么这儿看起来会是什么样子？……待会儿，等我把那张小凳子从淋浴间取出来。”

她用一条毛巾把那张轻便的塑料凳子盖好，朝后靠在墙上。瓷砖全都分外光亮。

“咱们干吗得在洗手间里谈话？干吗不在你的起居室里？”

“这里比较随便。你衣服会干得快点儿，要是把暖气和电扇全开了的话。你也许乐意把衣服脱下，挂在通风孔上。”

“我现在这样就足够了。”

“随便你……你对屋子里的家具陈设估计的数目有多大？”

“你不会认为那是很高的。”

“整个房子里没有一件便宜的东西。”

“你是不是提议要我把估价提高呢？我真会有机会蒙蔽一位像艾德勒茨基先生那么精明的人吗？”

“当然啦，他是一位数一数二的超级亿万富翁。再说，你也绝不能做什么不诚实的事，”马奇说，“你是一位保持着强烈的诚实正派形象的那种女人。”

“这话听起来像你从犯人那儿所会听到的外界人士的意见。如今，在监狱里也好，不在监狱里也好，这是普遍的看法。它是这样的：‘如果事实全被人知道了，铁窗内的人，并不比外面的人更有罪，因为没有人是清白的。只有铁窗内的人知道什么是真实的，什么是虚伪的。’我想你非得尽量利用，或者从你在监狱里待的那段时期里得到你所能得到的种种好处。”

马奇·海辛格没有回答。她可能是在衡量自己的选择。最后，她决定在这件事上不接受艾米的挑衅。她说道：“我很喜欢杰伊·伍斯特林……他不是一位思想活跃的律师。他给人一种坚强的印象——我可以瞧得出你在想点儿什么——不过我们保持的是绝对业务上的关系。在我的案件上，我制定策略，他做书面工作。唔，他现在已经去世了。那是多早以前的事？”

“大约八个月前。”

“我参加了为他举行的葬礼。我不记得你当时在场。”马奇说。

“我没能及时赶到。”

“在他去世前几个月，我曾经和他吃过一顿饭。他那时候已经不再是他那漂亮的本人了。不仅是身体很差，他的状况总的说来，糟透啦。他衣服上有一股难闻的气味，牙齿也不清洁，等他想露出他过去常露出的那种讨人喜欢的微笑，那种把上嘴唇故意扬起的微笑时，却失败了。他说一年以前，他已经不做律师了。”

“更像是三年以前，”艾米说，“他把时间消磨在密歇根大街上那些书铺里。他在那儿欠下了一些账，并不受欢迎。那些顾客也不乐意听他引用他喜欢的诗人的诗句。这回到了我们做学生的时代。当他向姑娘们求爱时，他总朗诵记下的那些片断。在我们结婚后，我检查了他所有的资料书。那些段落下面都用笔画了线，而且全在第一章里。他一生从来没有读完一整部书。这就是一个例子：‘人脸是世上生活中最令人惊奇的事物。另一个世界从那张脸上闪现出来。它是个性及其独特之处，不宜重复之处，进入世上的过程。通过那张脸，我们不是领会到一个人的肉体生活，而是领会到他的心灵生活。’他最喜欢的一个俄罗斯作家说了这一番话。我们约会的时候，他就复述了一遍这段话，算是他自己的。”

“他很了解我，不会对着我这么瞎扯淡，”马奇说，“是谁写下的？”

“用红笔顺着尺在下面画了线。就在第一章里。其余部分他根本就没有看。”

“挺狡猾。”

“为了勾引人，假装是一个知识分子。就像《花花公子》上的一篇文章。指导青年人怎样设下圈套。”

“可是你自己也记下了这些话。”

“我确实记下了，是吗？”

“唔，我最后一次见到他时，很清楚的，他就要去了，就要去了，走啦，”马奇说，“他生活中只有一种乐趣，他不得不把那也放弃了，所以是离开的时候啦。那是他在变得虚弱、平和以后。看见他滑行起来，我很惋惜。他话说得很随意……”

等她刚说出“随意”后，艾米知道得太清楚了，马奇的意思指的是什么：杰伊把录音带的事告诉过她了。

“攻击我的证据，唔，他剥夺了我的权利，”艾米说，“别觉得这是过分受到优待。他对凡是乐意听的人，都播放那些录音带。他所做的就是，雇用了一个机构。他给了他们公寓的一把钥匙。事情就是这样办的。那些专家窃听了好几个月我的电话，就连在床上也装了窃听器。床垫里有几只扩音器。这一切证据全在法官办公室里播放出来给法官听。杰伊制造了那个无可辩驳的通奸案件来攻击我……”

艾米对于自己在马奇脸上看到的那种神情，已经太熟悉了。她在别人的脸上也看见过——半侧过去的一边面颊上闪现出一种倾斜的、躲躲闪闪的乐了的神情。

“是呀，他把这事告诉过我，”马奇说，“还问我要不要听听那些证据？”

“你也的确想要听听，是吗？”

“唔，我那时刚从一所管教所里出来。那儿是没有报可看的。电视是看得到的，可是没有《论坛报》①。它使你觉得你多么落后于形势，你错过了多少事情。”

“我们的离婚根本就没有见报，”艾米说，“这就是为什么杰伊抓住机会就把录音带放给随便哪一个乐意听的人听。我不能说那完全是为了报复……”

① 指《纽约先驱论坛报》。

“那多么伤害了他，这是可以理解的。”马奇说。这只是胡闹，一点儿不像我安排好想在地下车库里把博多解决掉。

马奇又加上一句道：“我想，在你的社交圈子里，那件事使你显得很不光彩——那些喊叫、呻吟和粗俗下流的谈话。”

艾米可以听到自己脑壳下血液的剧烈流动。等血液向下流到她脸上时，她感到了那阵毛躁。她的嘴变得发干。“这么说，在你戴着耳机听的时候，他注意看着你的反应吗？”

“只不过听了十分钟左右。”马奇说。

艾米想道：她现在把我们归入同一类了。我们是同一类的两个人，她和我，两人都被公开揭露出来——我的丑事，她的延续了几星期的审讯。我们一块儿成了同场上演的两个剧目。

艾米把这事在可能范围内，对我详细说了——所有那些直接有关的情况，直到那个马桶盖上有靠垫的罩子、她裙子浸湿的膝部，以及那间长浴室里风扇扇起的那一股炎热的风。

“按照我和博多达成的协议，我可以保留卖家具的钱。不论这两个老人对家具付上多少……我可不能容忍再望着那些梳妆台，还有那些双人沙发啦。在令人厌恶的十年里，这些就是我的环境。它们也许会把我赶进那个愚蠢的规划里。一天天，就望着那些乱糟糟的东西，不但使我心情忧郁、感到厌烦，最终还使我发疯。”

“艾德勒茨基绝不会为你们的房子多付一百万的，”艾米说，“要一个亿万富翁多拿出一点儿钱来，不是那么容易。别指望他会掏出钱来。他宁愿尽快从这笔买卖上抽身走开。”

“要是她想要装着很年轻，初次踏入社会，那么他应该容她那样。钱对他又算得了什么？这笔钱又不是我要。这笔钱是给汤米·贝尔斯的。”马奇说。

“谁?”艾米问，但是她很快就想起了这个姓名。汤米·贝尔斯就是充当暗杀博多的杀手的那个不称职的怪人。“汤米·贝尔斯怎么样?”

“为了他在监狱里失去的三年，再加上等候审讯的那一年，我得做一件有实质性的事情去补偿他。在那以前，他又没有搞出什么名堂来。所以现在，我打算帮他去经商。这是我想听听你的意见的另一件事——坦率地说，想得到你的帮助。”

眼下，这个吁请坦率的事不得不暂时搁置一下了。

说艾德勒茨基和西吉夫人活到了高寿的老年，他们被推崇为亿万巨富的犹太人，他们是芝加哥人称为“知名人士”的人物，再不然，用神话的语言说，是“拥有万贯家财的犹太佬”，是黑暗势力和世界秘密统治者的代表，这是什么意思呢?

那天很晚的时候，我对艾米讲到艾德勒茨基先生和夫人时，说道:“好，他们已经退休了，除了空闲的时间外，什么别的也没有。跟博多·海辛格讨价还价，争争吵吵，对他们来说，是一种消遣。今儿清早，他们离开了家，乘坐加长的轿车在大风雪中穿过闹市区。他们坐在豪华的客厅里。随后，整整两小时，他们跟马奇和博多交锋……并没有机会朝外看看——看到报上经常报道他们疯狂行为的那些人……”

“说上这样一大套开场白，哈里，你究竟想要证明什么呢?”艾米说。

“谁也没有空闲的时间，”我说，“退休只是一个幻想。并不是一个酬劳，而是一个陷阱，是成功的破产阴暗面，也是走向死亡的捷径。高尔夫球场全都太像公墓了。艾德勒茨基决不肯弯下身去打高尔夫球。他从两岁就为所欲为，一直到了九十二岁，他这么做是对的。”

这种推断总使艾米感到不安。我在中学时就已经这样高谈阔论了。她实际上并没有细听。她把这一点看做是我的一种坏习惯。也许，她是对的。我的空谈理论从一开始，就使我们产生了隔阂。“你实际上并不像你所说的那样，”她有时候说，“你读过那么多书，可是令人惊奇的是，面对面时，你并不迂腐——你很正常。”

她的第一位丈夫伯纳——她和他生了两个女儿——从来不作理论性的陈述。他是一个赌鬼。艾米作为一个年轻的妻子，曾经跟着他到练兵场①去看足球比赛，到露天体育场去看曲棍球。“我很喜欢那些球赛，”她说，“不是你那类玩意儿，哈里。你是一个大学生类型的人——做事很勤奋，你看上去并不像一个文化修养很高的人，可你却是。”她不喜欢我的自命不凡。另一方面，我是一个古怪的人，她说，我显得那么古怪的老成持重。“你真正想着的或是知道的，你从来不肯流露出十分之一以上。你一贯是一个马克思主义者。你有一阵子是不是呢？你写的那部论……那个人叫什么来着……那部书究竟怎么啦？”

“《论沃尔特·李普曼②》。谁也不肯接受。那部书始终没有出版。”

她拿到文学学士学位后，就嫁给了伯纳。伯纳继承了一家小雨衣工厂。他因为赌钱把工厂输掉了。他用橡树公园的那所房子抵押，向银行借了一笔钱。不久，艾米和孩子全无家可归了。伯纳失踪了好一阵子。她获得了离婚。等她嫁给杰伊·伍斯特林时，孩子

---

① 练兵场：芝加哥湖滨大道上的一片球场。

② 沃尔特·李普曼（1889—1974），美国新闻评论家，世界知名政治专栏作家之一。

们还很小。

“伯纳甚至并没有抛弃我们，”她说，“他几乎没有注意到我们在那儿。”

“他并不需要一个家庭。他只需要抛弃掉一个家庭。我真瞧不出，他怎么可以离开你，艾米。你那时候是个大美人儿。”

“在你眼里，也许是，可是就连在你眼里也不是。你那时候并没有来向我求婚。”

“我自己那时候刚结婚。”

“也许是这样。不过这一点并没有使你的太太不四处漂泊。”

“不是这话。有十多年，我一直是一个绝对忠实的丈夫。我爱过你，艾米。”我说。说话的语气很生硬。这样说话，我感到像一件陶器——一只大陶瓷罐子。谈到爱情，就使我拙口笨舌。这使我想到了我母亲，我不喜欢她。我不能原谅她把我安顿在一所孤儿院里，而她自己却从这处疗养地玩到另一处疗养地。不错，她是一瘸一拐地走着。那种伤残毛病一点儿也不假。她拄着拐杖行走。但是那种不自在并不完全是身体方面的。在火车上，她的阔绰的弟兄们，我那些制造香肠的舅舅们，总替她订好一间特等卧铺包房。不幸的是，她对做一个普通工人的妻子感到很厌烦。最糟糕的是，除了在肤色方面外，我就像她。我有一种多少是蒙古人种的黄褐色皮肤。她脸色总是很白。她把头发绕起来，高高地盘在头上。她的脸盘很大，很柔和，鼻子向内弯曲。我遗传了她的突出的嘴唇。从一件件来看，她的容貌并不妩媚，然而她的确生着一张妩媚的，甚至是出众的脸庞——像一个很优美的鞑靼女人，生着异常白皙的皮肤。在她那一代人里，对知识感兴趣的妇女，总戴一副夹鼻眼镜。有一副这种眼镜从她香喷喷的颈子上悬挂下来。

另一个我和她共有的特性是，我母亲遇事不和人商量，总有自己的主张。这一特性使我有一种难以理解的满意，几乎不让人有任何机会知道我的想法和见解。人家总乐意把心事告诉我，尽管我从来不鼓励人家对我推心置腹。我对于个人性质的事说得很少。只有对艾米·伍斯特林是一个例外。

让我们这么说，我们还有二十多年好过活。一个人大概该把最后五年去掉——为病痛留下合理的余地。这样就剩下了十五年，可以充分享受。

我现在已经准备好跟人类和平相处。就他们大多数人来说，我是事后才认识到，我一般手边总放有一把刀。

在成熟的最后阶段，一个人待自己可以诚实坦率，也应当诚实坦率。

“要是你对一个疏远、冷淡的女人都很忠实，”艾米说，“杰伊在我尽最大努力去爱他时，对我却根本不是这样。”

关于这一点，我一直感到纳闷。杰伊和我从十二岁起就是朋友。他一贯告诉我，他在和谁的妻子睡觉。有年大除夕，他邀请过去和当时所有那些不忠实的女人去参加伍斯特林家每年举行的一次宴会。我在跟一位受害的丈夫交谈时，杰伊便从那个人的身后走过去，用眉毛向我示意。这些事实竟然被我知道了，这是非常重要的。它们特别得由我来登记下。我的意见对他很重要；他甚至教训我，试图把自己的看法教给我——那种关于他自己的正确的看法。他说，我在性的问题上落后于时代。“要是人不跟着历史走，你就压根儿不存在。”这就是他对我说的话。他得有人加以赏识，我就不知怎么成了他的风流韵事理想的表达人。他代表“现实生活”，我就是记载下现实生活的历史学家。他说：“你干吗挑选沃尔特·李普曼来写一本书呢？相反的，你该写我——代表性自由的我。”

“写一本书吗？”

“来吧，哈里！作为一个实例，解放了的现代的一个先驱人物。”

我爱过艾米，这并不是秘密，不过那是幼稚的、中学生的热恋。当然，谁也没有权利去爱谁。

“你为什么认为，是我邀请你去参加我们在帕尔默酒店的那次淋浴的？”他问。

正确的答复应该是：治疗好我的情绪。这是他的典型安排——他的遵照种种现实原则治疗或纠正的措施。

为我的老朋友杰伊·伍斯特林，我要说这么一句话：在最为重大的问题上，他是愚蠢的。借用他崇拜的托·斯·艾略特的一种转折说法：他为了所有错误的理由，接近了所有正确的事情。

那天晚一点儿的时候，在大风雪掠过全市，落在湖东岸的当儿，艾米回答了几个我多年都没有问的问题。杰伊在大除夕的宴会上进行着的事情，始终并没有瞒着她。“他把他的所有女朋友，还有她们可怜的没有骨气的丈夫，全请到家里来，”她说，“那是他每年一次的大手笔——他很喜欢那样。我甚至接受过那些女人的一些假鸡尾酒约会。我总是在北区附近的一家酒吧间里坐在一个火车座内会见她们。她们的嗓音全都因为内疚和想平息我的怨恨而颤抖起来。她们中大多数人当时都已经被他抛开了……他说过他惯常总把他下午的约会告诉你。”

“有一些。他多少总向我提供最近的消息。我并不乐意听那些十分详尽的细节。”我说。

这话并不真实。我瞧不起他的那些活动。不过我对于听他叙说那些勾引行径，从不感到厌倦（把它改用我的话说了出来）。关于他诱奸的姑娘，关于他被姑娘们诱惑的事，前前后后有四十多年，从在他父亲洗衣店里干活儿的那些女人开始，下午五点以后，在一袋袋脏毛巾和床单等上面，因为他爸爸让他负责把铺子锁好过夜。

他的一些秘闻隐事自己早已忘了，可我还记得。

“我替印刷厂出去办一件事。”他说。（那是他在法学院干的副业之一。）“在华盛顿大街和密歇根大街交叉处，我坐在车上正预备转向南方时，看到一个年轻的娘儿们伸出一只大拇指，要求搭车。于是我把车门打开，她上了车。她要上湖的南岸去，我说我可以把她带到五十七街那么远。但是她说：‘把我一路送到家，怎么样？’于是我就承担下来，说：‘要是你的意思是说全程送你，那我就开车把你送到那儿。你独自一个人住吗？’‘就我一个人。’这样，我就跟着她上楼去了。”

“你可能会被人家揍上一顿，滚到楼下。”

“对于这样的事情，我有一种直觉，”他说，“等我们脱光衣服后，她用手握着我的鸟儿，说道：‘嘿，这可是给你的一只地道的鸟儿。咱们就把它放进去。等它进去后，用它让我心情欢畅。’”

“那个女人美吗？”

“她的身体非常性感。说真的，她叫我陶醉。”

光说“她是一个色情狂的娘儿们，你对这并得不到什么荣耀”，这有什么好处呢？没有。我以东方人的耐心保持着平静，同时他把我当一头驮兽那样将他的秘闻隐事加到我身上来。因此在他早已忘却以后，我还记得他下午和晚上干的一些风流勾当。就连上午，他也常常等在一个门口，注视着一个丈夫出去上班。

“你给那个女人时间去更换床单吗？”

“更换？你哪儿来的这么个想法！这事是行动。”

他的大眼睛睁大到了极限，要求你钦佩。激情、挤轧、四肢、躯干、欲望、污垢以及矫揉造作。摄像机总是对着他。在我这一代人里，这种投向摄像机的目光是很普通的。像埃尔默·赖斯[①]所著的《街景》拍摄的电影——摄影机很夸张地从那条拥挤的东区街道上顺着太平梯向上移动，到了那个奸妇的窗口，同时观众给挑逗性的音乐刺激得发了狂，什么也没有觉察到。

在杰伊看来，我似乎是中国式的，把感情浸没在自己的脸上。

艾米说得不错。她明白杰伊为什么简要地向我介绍了他的性活动。他认为这些活动是值得记住的。它们应该给说出来。

她问过我不止一次，杰伊有没有把指控她犯通奸罪的那盘录音带放给我听。

“没有。”我总这么说。

“他们在法官办公室里放那些录音带听。过了几分钟，我请法官让我离开。我承认那是我的声音。于是他说我可以出去了。”

“你始终没有想到，杰伊会用窃听器窃听你？”

“始终没有想到！而且他一向是一个你一眼就可以看穿的人。他总等不及地要告诉你，他正在忙着要干什么。他并不是那种有长远的、狡猾的、隐秘计谋的人。”

“作为一个帮人家打离婚官司的律师，他一定向当事人，向丈夫或妻子推荐过一些秘密的圈套。”

“当然啦。他常对我说起这种事。他跟几家侦探事务所有来

---

① 埃尔默·赖斯（1892—1967），美国剧作家，《街景》是他的主要作品之一，曾获1929年的普利策奖。

往。”艾米说。

“你没有想到他会对你那么做。”

“他那样失去了对我的全部兴趣。大约十年前，我们经历了黑色内衣的最后阶段，在镜子面前干。我不得不在一张椅背上弯下身去。”

我希望艾米不要告诉我这类事情。

我告诉她我从缅甸和危地马拉回来时，她在我的生活中占有一个什么地位。当然，她并不知道那种想象的程度，她也没有问起详细情形。她要是一问，就会使自己受到我的询问。那一来，不可避免地就会引出那些细节来。在这种事情上，最好概括地讲讲，不必涉及详细的经过。

杰伊·伍斯特林那样的人，出现在人们眼前，为的是让别人注目或自我吹嘘——他们呈现出一个形象来。他们对自己的想法是一种公开的想法。这样，艾米穿着黑色内衣由身体结实的丈夫从身后干，可以成为一幅适合装入镜框去的照片。把它挂在你的客房里。你的本质应该是——也值得是——一个谁都无须为之感到激动的秘密。就像那个老玩笑话。问：“无知和冷漠之间的差别是什么？”答：“我不知道，也不在意。”

谁也不十分在意你埋藏得最深的秘密。这些秘密在政治中可能关系重大。约翰·肯尼迪在谋杀吴庭艳[①]的案件中扮演的角色，是值得知道的。他容许一些女人冲进椭圆形办公室，又冲出去，使他和处在加拉加斯[②]、澳门的其他政府最高行政官员，没有什么差别。

① 吴庭艳（1901—1963），原南越总统，1963年在美国支持的一次军事政变中被击毙。

② 加拉加斯：委内瑞拉共和国首都。

我强调这一点，因为就我说来，不向“接近”我的人泄露任何情况，一直是一条毕生的原则。再说，按任何更深的水平来看，已知的事情和你不久就要增添到过去的事情上去的资料，同样是不精确和含糊不明的。

遇到有人问我什么的时候，我总沉默不语。谁也不知道我在印度支那和缅甸干过些什么。我的生活中是否有一些女人，或是有一些儿女。再不然有军事独裁者、黑手党勾当、秘密的情报任务或者瑞士银行账户。或许，我确实把我干的种种事情、我的性格全浸没在我的脸上了。而且我始终没有非常努力，想和艾米通信。友情吗？不错。爱慕之心吗？这也有。但是在我们三人离开了帕尔默酒店的淋浴室，杰伊突然想起他在法庭上的约会，赶着离开以后，我亲了艾米的乳房下面和大腿内侧，一句有关我感情的话也没有说。艾米唯一提到三人一块儿淋浴的那事，就是说，杰伊触动我远胜过了触动她。

我说这并不表明有多少意义。

“我上那儿去是为了你。”我对她说。

“你要是喜欢我，本来可以发出一个更为清楚的信号。”她说。她用眼睛把我的目光引向下面，引到她那时候变成的那种情形。接下去，她又说道：“随便什么人似乎都不能接近你。你为什么总是这么讳莫如深的样子？”

“唉，我过去是一个不诚实的小伙子，对所有的人都撒谎。我瞒着朋友、欺骗、盗窃、不守信用。”

“也许，这就是你为什么从一开始就有这么一种不像一般小伙子的突出的神色。”

“我样子这么特殊吗？我为人不诚实，倒没有问题。在我看来，如果我要生存下去，就不得不哄骗所有的人。”

“是不是因为你是一个小骗子，我才爱上了你呢?”艾米说，“可是后来，在帕尔默酒店里，你有了机会，又不抓住它。”

我对当时那个场面想过，反复想过好几百次，就算不是好几千次的话，所以回答是早准备好了的。“正因为我当时可以得到你，就像杰伊先前可以得到你那样……”

她说：“那样就会像是一般的产品，如同药房主人所说的，而不是名牌产品。不是你和我，而是任何一个男人跟任何一个女人。回顾起来，我也许会感到像一个妓女。”

“多少有点儿像……”

“不过那样还会是一个独特的情况。它会使我们结合到一起。”

“我已经和你结合到一起了。”我说。

这是一次不很自在的交换意见，双方都很坦率，因此也是必要的。然而，就我这方面而言，是极端痛苦的。出现这种情况的原因是，我是一个青年学生时，就已经爱上她了。这种强大的感情，如同人家所说的，“我们也不知是从哪儿来的”。一切——但是一切！——全和先前一样。厨房里仍旧有些洋葱，洗碗槽里仍旧有土豆皮，有轨电车仍旧在摩擦着铁轨。所以这场恋爱朴实、自然，像一支偶然的乐曲，对于一个像我这样的小骗子来说，是一件令人窘困的事。对于那些迂回曲折的秘密（它们后来使我成了一个“神秘人物”）而言，这场恋爱出于自然，直接控制住了我。我禁不住为我和艾米这种关系的普通中产阶级性质感到羞愧。她是一个中产阶级姑娘，我是一个所谓的革命人士。“你这小无赖。”我的急躁的母亲总这么叫我。这并不表示我确实是一个骗子，这表示我有一个隐而不露的个性。我并不准备为了艾米就加入中产阶级，做一个小资产阶级分子。我不想扮演那个伪君子。到时候，我加厚自己戴的假面具，也就够了。

有一件事我要代表自己说一下：我并不嫉妒杰伊·伍斯特林在墙上的镜子前面紧紧揪着艾米，也不嫉妒那个纽约人，他和艾米做爱时的谈话全被录音带详尽无遗地录下，在法官办公室里播放给法官听。萨德侯爵①认为引起痛苦，甚至犯下谋杀罪，都是正当的，只要它能产生强烈的性乐趣的话。在录音带上，艾米甚至并不接近于这一点——只是在全世界那片两性喧嚣中的一阵急促的尖叫声。

我不可能在自己向艾米缓缓接近时，指望她原地踏步。就我来说，那是一份漫长的情报工作，破译一个又一个密码。在这儿给留下一星期，在那儿给止住十年。不过我多少总知道她待在哪儿，她在忙些什么。

当然，她已经不再是过去的那个美人儿了。她的脸几年以前就开始没有从前那么丰满。她的下巴今天给人的感觉，只有在你回溯到它早先的形状时，才会是完整的。对于我错失而去的一切，我只好责怪我自己。再说，我也没有完全错失去。

现在已经变得很清楚，就像一块模糊的彩色幻灯片突然对准了焦点那样，我每天都和艾米接触，一年又一年在想象的商量中从她那儿得到了支持，甚至是关于一些秘密的企业或是商业集团的。过去好多年，我一直把自己对她的感情看做是完全庸俗的。而庸俗的感情跟我追求的先进形式的个人发展，并不十分协调。

---

① 萨德侯爵（1740—1814），法国军人出身作家，著有长篇小说《贞洁的厄运》等，以性倒错色情描写著称。

有时候，我感到艾米对于这一点，似乎有一种不只是公正的理解。你相当幸运地发现，自己生活中固定不变的那些人，能够紧紧追随着你内心里的、深深隐藏着的动机。且说，我的亡友杰伊·伍斯特林为人坦率，喜欢夸张。我却讳莫如深，冷漠无情，准备欺骗我的邻居。杰伊认为自己为人坦率；我认为自己不露声色，不相信别人。

但是艾米心里很清楚，我不断地要去找她，而我想使自己和她分开的努力，彻底失败了。她知道初恋能起什么作用。它在你十七岁时侵袭到你，像小儿麻痹症那样，尽管它是影响到你的心灵，而不是影响到脊髓，它却也能使你成为残疾人。

唔，那么老艾德勒茨基把我吸收进他的智囊团时，是否也注意到了这一情况？我要是处在他的地位，会不会吸收他呢？他已经从金钱（是一个帝国的缔造者）转向个人观察。他对弗朗西丝·杰利科和她的喝醉了酒的、粗暴的丈夫的观察就不算差。

他讲到弗朗西丝总带有敬意，还说，那一次是我把他的观察力唤醒的。

“那不算是一种技巧，对吗，特雷尔曼先生？那是一种生活方式。”

“要是你有那种能力，那是因为你本来一直就有。”我说。

艾德勒茨基在建立他的帝国的过程中个人所作的那些观察，顺序不可避免地完全不同。在一次获取产业或合并企业中，你部分是得到你的银行业或卡特尔[①]的专家们的指导；虽然如此，就电影艺术的意义而言，你对参与的人或主要负责人事后必然保留了你个人

---

① 资本主义制度下的企业联合。

的印象、你自己的反应。我对于他在七八十年这样的留神注意和仔细观察中，可能会看见些什么，只有一个粗略的概念，不过重点一定时常改变。你在生活的道路上必然走完了好几个阶段——童年后是壮年，然后是中年。那么就一个艾德勒茨基这么大年龄的人而言，“较晚的”或“较早的”这些词会有什么意义呢？我心里想着这一点，有一次对他说，丘吉尔到了他的晚年，因为百无聊赖而感到大为气恼，竟然祈求早死。

艾德勒茨基听了，并不感到惊讶。“到他那年龄，他一切事情全都做了。你且想想看，到他无事可做、什么权力也没有剩下时，那种情况对他必然意味着什么。一天，是对抗希特勒，和罗斯福合作，是命运的枢纽，接着根本什么也不是，只是一堆破旧的沙发衬垫料。”

在他说话时，他的狭长的尖脸和瘦削、多脉的老太阳穴全吸引着我去对他说的话作出我乐意作的解释。

有一次我去访问时，他对我说：“我并不担心你写下或记录下我们的谈话。你太沉默寡言，并为你的沉默感到很自豪，甚至不乐意考虑这么做。这在你的本性中已经养成了，哈里。”

我从来不会趁便去访问艾德勒茨基。我总事先约好去会见他。不过他邀请我去的理由往往是含糊不清的。新近，他说过，他不知道我是否会去看看博多·海辛格的中国餐具柜和橱柜。

“这件事，你得找旧金山冈普那儿的一个人来看看。”

“唔，要是那几件东西是假货，我相信你一定看得出，是吗？”

“也许我能看得出。”

他用自己那只亿万富翁的手替我在酒杯里斟满了白兰地。那就像由拿破仑·波拿巴来伺候我——被囚禁在圣赫勒拿岛[①]上的俘虏拿破仑。那个俘虏在流动中没有多少事情可做。现在，老年就代表艾德勒茨基的流放。为了消磨时光，那个被放逐的拿破仑读了几百部回忆录，很拙劣地下下国际象棋，还是一个不高明的骑马师。他始终就不喜欢骑马。他身上有一种抽象的显赫气质，他的一个流放中的伙伴这么说。关于艾德勒茨基，并没有什么抽象的气质。偶尔，有一种梦幻般的神态降临到他身上，不过没有什么显赫的气质。当他邀我成为他智囊团中的一员时，他当然是在开玩笑。首先，他决不会声称稍微有点儿像富兰克林·德·罗斯福。至于拿破仑，拿破仑在他的思想里并不会闪现出来。

这一次，我感到我的姿态里有点儿沉重或笨拙的气质。我坐在一张锦缎的双人沙发上，觉得很迟钝，身体方面不大相称。这些会面常使我对自己假想的能力感到不安。

“我想你识别得出博多的假货。虽然那些东西大概是马奇买的。”艾德勒茨基接着说下去。随后，他转向了一个不同的话题。“我对你感到纳闷。你在缅甸搞起了一番事业，后来又在危地马拉。你事业有成。那么为什么要回到这个城市里来？这是企业家的一个大根据地，但是你又不是一个企业家。那么你回到这儿来是为了什么呢？歌剧吗？美术馆[②]吗？还是你的家呢？你可以住在纽约。或者住在巴黎。”

“巴黎只是法国的纽约。”

对一个如此富有的人来说，艾德勒茨基不大做什么手势。这时

---

① 圣赫勒拿岛：南大西洋上英属的一座小岛，1815—1821 年拿破仑被放逐并死于这座岛上。

② 美术馆：一座举世闻名的美术馆，在芝加哥市内密歇根大街上。

候，他把手掌心翻过来向上，也许是说，他从来就没有想到过世界上的城市分等级。但是他摊开那只老手来，可能是邀请我说话。他是在说，干吗不说实话呢？

这也是一种可能。唔，也许我乐意试一下。于是我干脆对艾德勒茨基说道："我在这儿有一种联系。"

"我明白啦。我明白啦。这是一个直爽的回答。你无法获得一个更直爽的回答了。这就排除了仰光、危地马拉城、巴黎、纽约和许多其他的地方。再说，这份名单上，有两处①都是在军事独裁控制之下。而在一个军事独裁政体下，你是不会感到安逸的。"

"我在热带地区觉得很不舒服。"我听见自己这么说。

我本来还可以说道，我喜欢冬天，喜欢遍地是雪和中学女学生过去常穿的那种老式的浣熊毛皮外套——有编成的大皮纽扣的外套——还有，我十分珍重艾米把那些纽扣解开后，她的暖洋洋的身体使那种毛皮散发出的麝香般的气息。等她把我拉得靠近点儿后，那顶厚实的浣熊皮圆帽，甚至从她的前额上更拉后滑下。不错，她是伸出两只胳膊来，把我拉得靠近点儿。

在那场大风雪掠过芝加哥，落在密歇根湖东边的那天，艾德勒茨基打电话到范布伦街我的藏身之处来找我。他说："咱们的朋友伍斯特林太太就要在公墓上度过很糟糕的一天。绝不该让一个女人独个儿去办这样一件难办的活儿。或许，咱们应该帮她一下。"

我很枯燥地回答了他。我没有必要把自己的秘密告诉他。艾德勒茨基多少猜到了点儿我的感情。或许，他毕竟从他早先测验机敏的难题上学到了点儿什么。然而，把心事告诉他，是和我的个性不

① 指仰光和危地马拉城。

相符的。你不会去跟世界上最富有的人之一讨论你的感情生活的概况——就算他想怎样帮你一下，你也不会。或许，他看出来，我的秘密归根结底就是痛苦，没有别的。

“我来告诉你我心里想到了什么，”艾德勒茨基说，“西吉夫人和我不一会儿就要躺下午休了。我打发司机把轿车开来给你——要是你可以去的话——还带另一个司机来。第二名司机把艾米的车子开回车房去。第一名司机你说上哪儿，就把车开到哪儿。你今儿有空吗？”

这个老家伙这么问真客气。这使我感到很惊讶。那就仿佛联邦储备委员会[①]主席带着一个问题或要求打电话来似的。我乐不乐意去参加我的老朋友伍斯特林遗体的发掘与迁葬呢？我乐不乐意帮助一下伍斯特林太太？严格地说，她并不是他的遗孀。这多少有点儿像社会事业对私人领域进行一次干预那样。

我的答复是最低限度的。“好吧，”我说，“我会尽力去做。”

“给她的烦恼雪上加霜，”艾德勒茨基说，遇到他充满活力或头脑机灵时，他说的话听起来总是异国情趣的，（“她的烦恼雪上加霜”这话是什么意思？）“博多·海辛格太太今儿上午又把沸水沏的茶倒到了她的腿上。她自己肯定会把这事告诉你。”她回家去换穿上干衣服。她甚至敷了芦荟叶。那很有效。“这是我从海辛格那个老浑蛋嘴里听说到的唯一一句有用和正确的话。”艾米说。

我从那辆加长的轿车里打电话到公墓办事处去。不错，伍斯特林太太刚到一会儿工夫，把所有需要的法律文件全带来了。这会儿，她上外边去了。您要跟她说话吗？

---

① 联邦储备委员会：美国总统任命的用来监督联邦储备系统的七人委员会。

“不要,”我说,“我叫哈里·特雷尔曼。请告诉她,我这就到。我打的是移动电话。”就仿佛这种电话是一件新奇的事物似的。现在,有千百万台移动电话。不过我自己并没有一台。我比大多数人都不好多说话。夸口说我在使用一种先进的工具,这也不是我的特性。

当然,我认识到公墓去的路——我对那条路真是太熟悉了。你从国会街快车道上朝正西方走,到哈莱姆大街驶下来。那就到了芝加哥市区的边沿。我是一个小伙子时,那儿有一些空地。现在,那儿有些小工厂、酒菜馆、比萨馅饼连锁店、温室蔬菜水果铺,当然还有那片平房地带——好几万、好几十万所砖建的平房。

我从来没有乘坐这辆远洋大轮船般的轿车独自外出。车里装有隔音设施,如此豪华,坐垫用的全都是小山羊皮,酒柜里有刻花玻璃酒杯和白兰地酒瓶。

沉着镇静是我特有的天赋品质。从来不显得获得了深刻的印象。总是一种无动于衷的、具有哥伦布到达美洲①前文化特征的神情。也许,这种特征是在这片大陆的空中。北美印第安人就是以这种特征著称的。现在,外来移民们的子女也可以摆出一种冷漠庄重的神情。而且从这些大轿车身上也有点儿什么使你想到音乐会使用的大钢琴。就当下的情况而言,说得更恰当点儿,使你想到出殡的行列。我乘坐着这个滚滚向前的工具,穿过了公墓的熟铁大门。

西吉夫人预料土地一定很湿,这可一点儿不错。芝加哥有不少地方土壤都是沙质的。先前一次冰蚀的融水在这儿留下了一片巨大的湖水。这座城市的不少地区,都坐落在一系列从前的沙滩上。再

① 哥伦布于1492年10月第一次发现了美洲新大陆。

向外去，是一片片大草原——绵延起伏的平原，就像你在西伯利亚中部必然看到的那种。因此，坟坑掘入了那片两三万年前古代湖水的底部。大树在这片沙土地上长得并不茂盛。假如这些树生长在中西部像在东部那样——是一些回溯到十八世纪的树皮光洁的山毛榉——那么对我们说来，一切可能会大不相同。但是，在都市的稠密的公墓里，并没有多少空地好种植大树。你在这儿只见到三角叶杨树和梓树。掘坟的人不得不挖掘出一些树根。在一座敞开的坟坑里的四面，你总能看到一些铲断了的树根的白色残茎。

在大门内等候着司机的一个向导，过来给司机领路。对阔佬们来说，这种部署都是事先就安排好的。这并不是一座大公墓。在公墓里，芝加哥相当小的犹太居民区内，有不少人葬埋着，因此就连我都可以认出许多人的姓名，虽然我和市内犹太人社会的接触是微乎其微的。

艾米接受了艾德勒茨基夫人的意见，穿上了长筒靴。我把涂黑了的车窗放下后，很快就看见了她。她背对着大路。掘坟的人已经在挖掘了。还有一辆小绞车驶上前来——我认为有点儿像一辆反铲挖土机的一种车辆，司机坐在一个很高的座位上。有一辆搬运车在等候着，预备把杰伊的棺材载运到它永久性的坟坑去。他就要重新埋葬在他父母的遗体之间。

大风雪、融雪、短暂的阳光，随后又是阴沉沉的天气。一道和英格兰一样狭长的云刚掠过太阳。在光秃秃的树枝下，穿过修剪过的匕首般的灌木丛，泥土堆积起来了。艾米并没有认出当天上午曾经去接她的这辆轿车；她也没有料到，当司机把车门打开时，我会从车里走下来。我用低沉而连贯的嗓音（一种毕生训练好的、可以嗓音清晰、毕恭毕敬地发表讲话的本领。我自己对于一个像我这样讲话的人可不大愿意信任）说明了西格蒙德·艾德勒茨基作出了些什么安排。“这是他的意思。”我说。她的神色是沉默而含蓄的，甚至有点儿凄凉。她朝我身后望过去，瞥向四处，极力想把一切拼凑拢来。考虑到当时的情况，我也不能责怪她。她猜测不出，我对艾德勒茨基说了多少她的事情。同时，我可以毫不费事地想象出她正看到了些什么——我的头发还很密，又直又黑；我的前额很窄，像一道低低的悬崖那样向内弯曲，接下去就是我的中国式黑眼睛，眼睛相当小，大概是生在我脸上最浓密的部分。最后，她看到了我母亲的那张厚墩墩的嘴——甚至比我母亲真实的还要厚。我的两手伸在外套口袋里，大拇指放在外边。

“这名司机是上这儿来把你的车子开回去的，”我说，“我在大轿车里陪着你……”

“艾德勒茨基先生这样太照顾我啦。”她说。

我正预备说，艾德勒茨基到九十二岁高龄，正满怀同情心地为自己开辟出一片新天地，但是我止住了，没有说出来。

“咱们来叫司机把这辆富有魅力的车子停好，然后，咱们可以摆脱这股寒气，坐下来。虽然已经到了三月下旬，气候仍旧这么寒冷恶劣。如果我把车窗稍微放下点儿，我们可以注意着工作的进展。”

她和我于是在车上那些奢华的转椅上坐下——起初默不作声，可是不一会儿就谈得很带劲。

“你的老父亲怎么样？”我问。

“老年痴呆症已经严重影响到了他的智力。最近这些年，他一会儿认识我，一会儿又不认识。”

接下去，她料想她父亲很快就会去世。如果她不得不把他贮藏起来或者暂时葬埋下，再来搬迁杰伊，那么那种种复杂情况会令人很不愉快。

“我母亲指望让爹爹长眠在她身旁。”

“她不喜欢杰伊，是吗？”

“她说伍斯特林家的人很俗气——杰伊总爱开些粗野的玩笑。他几乎使她容忍不了。”

“唔，从你爹爹手上买下这片墓地来，就是他开玩笑的主意——就像跟丈母娘一块儿睡在一张双人床上那样。可怜的杰伊明摆着就要死了。要是你和我全看得很清楚，那么他甚至看得更清楚。我总在市里各处遇见他。他总是笑嘻嘻的，不过他并不硬要来陪着我。他总是很谦虚地避开。他从一个胖墩墩的男子汉，变成了一个瘦弱的小伙子。等他放弃了他的事务所、他的律师业务后，他也放弃了整洁的外表。”

“在他还有所追求时，他仍旧修饰他自己，”艾米说，“不过那时候，他一直策划着给我找麻烦。”

“这样，你就不会忘记他。你还要继续活下去的，他看不出他为什么不该给你安排上一点儿小麻烦。”

“你觉得这好笑？”

“谁说得上来。当人们考虑到死会是什么情形时，他们心里会想到些什么古怪的事情？我的意思是说，他们的死会怎样影响到活着的人。‘世上在没有我的情况下，会变成什么样子？’”

“一个幼稚的想法。”

“他不喜欢孤独。我们是孩子时，他总强迫我陪他一块儿走进厕所去。你可不那么容易摆脱掉他。”

“所以咱们今天花上一下午在公墓里陪着他。”艾米说。

“这是一个比大多数地方都好的评估一个人价值的地方，要是你打算评估的话。”

艾米把外套敞开，向后褪到肩部。那辆黑色大轿车里很暖和——发动机正空转着。因此当她耸耸肩时，柔软的乳房在羊毛衫下面给她的耸肩增加了分量。“评估什么呢？就连在这儿，你都说不明白，你为什么要作弄你自己呢？你有些含糊不清的作风和习惯，哈里。多年前，我不得不认真想到你的时候，我把你的古怪的举动也考虑进去了。想到你高水平的精神生活中的那些怪癖，你过去会很好地想到我，那是没有什么可能的。我倒的确认真想到过你。我曾经爱上你。但是任何别人的看法对你来说，总是不好。你总贬低那些看法。所以我想，他也许爱我，不过我绝不会知道他在想些什么。内心里，他也贬低我……你把我归入了‘一个小资产阶级娘儿们’那一类。”

“这件事你以前从来没有告诉过我。”我说，接下去我不知道怎么往下说是好了。我们彼此没有对方地生活了几十年，各人分别做了安排。这一时期里，我一直断定自己太孤僻，不适合娶她。而她为了种种其他的原因，也认为绝对无法使我喜欢有个家。于是我的感情多少永久性地贮藏起来了。但是不久，我开始看到，她对我具有什么样的控制力。其他的女人只是些鬼影儿。她，也只有她，不是鬼影儿。

“是呀，但是我对你的情感比你认识到的要强。我所感觉到的很简单。你内心里的复式簿记方法①使我感到宽慰，”我说，“我过

① 复式簿记方法对每笔交易都在分类账上登记两次，一次记入借方，一次记入贷方。这里借指艾米心里既从自己方面，又从他这方面考虑到他们俩的感情。

去常想到，要是你家里有一间空房，里面什么也没有，连地毯也没有，那么让我走进去，脸朝下趴在地板上，会对我有好处的……”

我们不时深深地弯下身子，从那道敞开的亮光里去瞥一下那些掘坟的工人。他们似乎不慌不忙地在干。我已经不再适合干这种工作了。挖掘使他们的身体适合于干下去，并不需要北欧民族的生活方式。这种挖掘是古代的一种劳动。那时候，犯人踩动踏车，奴隶就拿着鹤嘴锄和铁铲到田里去。

艾米似乎在思考我所说的话。我们很难得像这样聚在一块儿。我们间或在鸡尾酒会或晚餐会上相遇，一般总谈论着商品市场、装饰行业、缅甸家具以及铜器等。我变得对艾米很有用。我为她向艾德勒茨基夫妇担保。他们又把她推荐给其他阔绰的顾客。她很感激我。她的业务前景，是我们在四川饭店、椰子餐厅或流浪者之家进餐时，主要谈论的话题。两个迁延拖拉的人，相互恋爱了四十年，聚在一块儿讨论软垫椅子和翼状靠背扶手椅。我始终不曾说过什么在她家的地板上伸直身子趴下的话。

这时候，要不是因为杰伊的棺材正给发掘出来这件事，我们很可能是坐在一个小餐馆奢华的雅座里闲谈，电视机的屏幕上闪射出可卡因的灰光，十分明亮，还有一个小酒柜和一架移动电话。

“马奇·海辛格当真把茶倒到了你的腿上吗？你给烫着了吗？”

“没有，没有。我吓了一跳，但是实际上，并没有烫着。她办事就是那样。她想要私下和我谈谈。她有一个提议要向我提，认为我们应该在浴室里会一会面，因为那儿没有人会来打扰我们。”

艾米听说到的提议是这样——艾德勒茨基夫妇为那套公寓里的家具所付的钱，全归马奇。博多同意把那笔钱全给她。她就用那笔钱去做起买卖来。她要开办一家离婚服务公司。和结婚登记代办处正相反，遇到一场婚姻破裂时，离婚的双方总有一方把一切全都拿去。失去一切的丈夫或是被剥夺了所有财产的妻子，需要生活中不可缺少的一些用具——一张床、两把椅子、一张地毯、一条毛毯、床单枕套、咖啡壶、平底煎锅、漱口杯、茶杯、调羹、毛巾一直到收音机、闹钟或是电视机。由于离婚的公司雇员新近时常焦躁不安，忍受着几星期或几个月的压力，他们工作干得很糟，大公司里的人事部门首长也许会欢迎这样的服务公司。这不会要公司花费钱，因为你的其他同事或业务上的朋友会向一笔离婚基金捐款，以缓解错位、遭到遗弃、失去亲人的痛苦所带来的冲击。它一方面对于振奋雇员的精神极有好处，一方面对于救生包①的供应人也有利可图。艾米由于和商品市场的接触，可以轻易地、可靠地——一贯地——获得这种项目。这样就会使离婚的女人和新娘地位相等。它会强调平等，会有一种民主的风味。拿一间小商品陈列室来说，日常的费用该是最小的。

我听完这一番话后，哈哈笑了起来。"不错，我想象得出那种情形，"我说，"那么谁跟公司的那些人事主管人员去联系呢？谁去做宣传工作？"

"据马奇说，那将是汤姆办的事。"艾米说。

"汤姆就是原来要去干掉博多的那个家伙——对吗？"

"对，马奇觉得她有责任。是她使汤姆牵连进去的。他在监狱里待了三年，加上受审前的时间、受审和上诉的那好几个月。马奇说这一切都得怪她。她坚持说，这是她的责任，是她欠他的。"

"你从来没有看见过这个汤姆吧？"

---

① 救生包，指飞行员在紧急情况下使用的装有水、食品、药物等的小包。这里借指供给离婚一方生活中不可缺少的用具。

“我怎么会呢？我又不跟在酒吧间里鬼混的人来往。到低级酒吧间去寻找和结识一些男人，这不是我干的事。我知道在电影院排队买票时有过不少这种事情。你根据放映的影片的类别，就可以判断出站着排队的人来。再不然就在美术馆，有些想找情侣的人逗留在那儿——一些假装爱好绘画的色情青年人。”

她强烈地怨恨任何人暗示说，她怎样类似那个女人——就是杰伊的离婚官司侦探录下惊叫声、并在法官办公室里播放出来听的那个女人。法官卡在她的嗓子里，使她说不出话来。她说，法官毫无例外，全都是贪赃枉法的。你即使能抓获芝加哥适合进监狱的所有法官，也无法造一所够大的监狱来监禁他们。

“既然马奇正在建立起一种商业关系来，我不知道她是否也提议举行一次会面。这个汤姆据悉是一个什么样子？”

“审讯的时候，你在电视上也许看见过他……作为一个商业概念，那可不是缺乏想象力的。”艾米说。

我不断嘲笑那整个计划的荒谬性。“海辛格太太想出了一些十分复杂的主意，”我说，“要是那次谋杀也是这样策划的话，那么难怪博多把枪从汤姆手里夺走了。马奇是属于杰伊·伍斯特林那类现实生活幻想派的人士。”

“你是说筹划出这么精心安排的、突发奇想的方案吗？杰伊的确爱好这种方案，对吗？所以告诉我，哈里，你对这一切怎么理解呢？”

掘坟的人不久就要掘到齐腰那么深了。如果艾德勒茨基今儿没有请我上这儿来，艾米就会独个儿在墓碑间徘徊，端详那些姓名，做一些墓地上的算术。把一九一二从一八七中减去。空气中尽管微微有点儿和煦的气息，却有一股寒峭的意味。

我在那天和那地方的种种影响下，对艾米重新作出了评价，修改了毕生对她的那些熟悉的评价。例如，她的两眼还像一贯的那样是滴溜圆的，不过如今两眼四周有一种稚气的稳重神情。说也奇怪，这种孩子气的神情竟然出现在中年，特别是在她面颊上已经不再十分润泽，而红馥馥的面色大半也已经不见了之后，但是她实质上仍旧是艾米。如果你转动那个会发出和谐乐曲的曲柄，说："喂，总机？"艾米在总机那头就会回答。

她正在等候我的评论。我身子一动后，在轿车里电视机的灰色平面上看到了自己的侧影——那头乌黑、直长的头发和那种熟悉的、多余的中国人的侧面。由屏幕上反映出来，我显得很粗壮。我大概是在一个去世的人的阴影和幽灵之间。有好多年，我对别人一直故意显得很神秘，现在才发觉，自己也说不上来那种神秘是为了什么，或者为什么需要保持那种神秘。

大量的泥土已经给挖掘出来了——深褐色的泥土夹杂有人类的一些特质。

"这就是我所想到的……"我说。

"说得明白一些。我需要人家给我提一些精明、确切的意见。"

"好吧，开头我先说我喜欢提意见。新近我才认识到，我过去对于给人家提意见总保持缄默。可是我喜欢提意见。一点儿好心的意见会使我两眼要落下泪来。我要尽力不说得含糊不清。对自己讲上一大套的人，常常会那样。"

"当我发现艾德勒茨基挑选你做他的智囊团的成员后，我认识到我过去忽略了一点儿什么。"艾米说。

"是吗？我在你的目光里地位上升了吗？可是我们彼此认识几乎有一辈子啦。"

“老艾德勒茨基一定认为你可以给我帮忙——认为你也乐意这么做。”

“而且我会是一次发掘棺材的理想的伙伴。”

“我实在无法接受这种说法。当我去申请批准，这种说法一再给提了出来。让咱们就说一次迁葬吧。……我想没有人认识杰伊的时间比你更长的。”

“你是在考虑马奇的提议吗？”

“你认为那个老家伙想象得出，马奇把茶倒在我身上，是因为她想让我们可以私下里单独谈上一会儿吗？”

“他对于作出一些联想是很敏捷的。不论怎么说，他凭直觉已经知道了我对你的感情。他掌握了很少几个微小得难以觉察出的迹象……”

“哈里！请你声音大点儿。你的谈话大半都不得不是内心的，所以就连你跟别人待在一块儿，你多半还是对自己说话。”

我思考得很快，接着我同样快地把思想组织起来。但是要让语言紧跟上是很困难的。也许，那两片厚嘴唇使得表达有点儿困难。

“为了结束掉关于艾德勒茨基的谈话，我对你，艾米，有一种十分基本的、终身存在的感情。它是一种不可能隐藏起来不让一个老练的观察家看到的感情。在我的情绪里，一直有一条坦诚地通向你的直线。这是出自我的天性，而不是出自我的性格。我的性格是妥协的。不过，就连一个妥协的——好吧，一个遭到破坏的性格也不能改变我的天性。”

“我并没有确切地听明白你的话，但是老艾德勒茨基先生能够从埋藏了这么深的感情里，觉察出点儿什么来吗？”

我说：“你一定知道，跟一个像马奇·海辛格那样的人打交道，你不得不准备好应付各种各样的反常行动。你不能倚仗这种关系——提出的这种关系的商业一面。你一定得分开考虑这一提议。”

“从什么上分开？”

“哟，她是一个女商人吗？再不然她是一个精神变态的人，一个疯子，一个反社会的人①，一个罪犯吗？”

“我百分之百地理解你的意思，”艾米说，“在你的心里，单单为了它的利益，这样结果又会如何呢？”

“我看到她所根据的道理。”我说。

“我看不到任何道理。”

“咱们得按照她那样去看出她的计划来：因为这个，因为那个。为此，……当你被关在监狱里，待在彼此叙述自己生活的妇女们当中，一种类似动机的念头可能会发展起来，获得某种好处，从那么多坏处中提取出来，而在我们国家里，一种好处最最通常是一个商业概念——想象到一个有利可图的企业。换句话说，‘情况会是怎样，要是……’‘或者，这是一个一本万利的主意！’于是你的心理失常导致了一个结论，使你回到你的祖国，回归到自己的文明里。”

我无法保证，艾米听得明白这一切。有一段时间，她大概一直教导自己，得勾销掉百分之六十我所说的话。作为他们家的朋友，我过去在伍斯特林家的餐桌上时常毫无顾忌地发表意见。

“她这就要说动博多让她离开监狱。他们俩之间有一笔新交易，”我说，“博多这样就能够说，自己保她出来是多么正当——多么宽大。还有，接她回家，多么勇敢。再说，这是对爱情的增进。

① 指知道自己在做错事但毫不在意的精神变态者。

他是一个坦率正直的人，心里很讲究爱情。他对自己的大丈夫气概很自信，从和马奇重新结婚这一点上就显示出来了。这一点也是极有新闻价值的——价值几百万元，免费唤起公众注意的办法。再说，他也不是傻瓜。只不过，他认为自己是一个比任何人可以料想到的还要了不起的人。”

“但是马奇的离婚服务公司呢？”艾米提醒我说。

“女监里的犯人有多少个不止结过一次婚呢？”

“监狱里是否有个女人想出了这种买卖？马奇的那家伙汤姆是不是也有可能想出了这么一个主意，认为离婚的夫妻，像新娘和新郎一样，应该为礼物登记？而且他们可以就负责办理这件事？”

“这很可能，是吗？”我说，“这也就说明了为什么也得把他包括在内。”

“而且她认为她可以信任我，把男朋友也说给我听。我年岁太大啦，不会适合他。”艾米说。

“接下去有好几种可能。它可能是一场精明的买卖。我的意思是说，时髦的。它会引起人们的注意，因为它是巧妙的，因为根据结婚登记风俗，它有一个令人好笑的创新。报纸会抬起它来，电视台也会如此。如果朋友们可以赠送结婚礼物，那么当一场婚姻变得不快时，朋友们也可以出面来调解。”

“你可不可以说一说，马奇怎么会认为我适合于这种情况的？”

“我想这我可以……”我试探性地说。

“那么就说一说。”

“她是一场暗杀阴谋里的一个主角，你是一场声名狼藉的离婚官司的一方。杰伊仅用一盘录音带就使你一点儿补偿也得不到……”

“当然是这样，我连一只咖啡杯也没有留下。把我和监狱里出来的那两个人凑合在一块儿，我们在商品市场的一间小陈列室里可以成为三个真正怪诞的人，那儿有办公桌、明亮的灯光和电话。马奇这样描摹时，使我笑出声来。她讲到电视的节目。也许是奥普拉·温弗里①的。她那么绝对地专横可笑，因此我认为就为了这原因，那样也许可以挣钱。”

“公司低级雇员可能会被撵出去。它使人想到一种高级的反正统文化的生活方式。”

“你说得一点儿不错，哈里。”

“你对马奇会是非常有价值的。你可以吸引专栏作家和记者。电视上的访谈节目肯定会渴望安排好时间访问你。《名利场》和《活跃分子》那样的杂志也会追踪你。”

“那样我可受不了。”艾米说。

“唉，十八世纪时，有某一个严肃认真的人写下‘放肆的、毫无节制的欢乐’，还写下‘轻浮的缺点’。那人也许就是亚当·斯密②。要是马奇不走在同一条路线上，我倒会感到很惊讶。”

艾米睁大圆眼睛瞪视着我，然后瞪视着我身后。不一会儿，她说道：“我不大可能……自然，我会是一个引起反感的小组里的第三名成员。马奇就会使我成为那么一个人。你刚说出来，我立刻就看到真情实况了。”

“你自己也立刻就明白啦。”

---

① 奥普拉·温弗里（1954— ），美国很有影响、家喻户晓的电视台访谈节目主持人。

② 亚当·斯密（1723—1790），英国经济学家，主要著作有《道德情操论》、《国富论》等。

“是呀，不过也许不够及时。”

“唔，我很高兴能把这个很有吸引力的提议客观合理地表明出来。要是你允许我说的话，还有一句评论：商品是随时随刻都可以取得的——厨房里的所有器皿、收音机、闹钟、床单、枕头、被褥、电视机、咖啡壶——形形色色的各种各样商品。人人都有足够的一切。这就是社会秩序多么丰富多产的情况。整个过程是以这一提议开始，即对自然的征服，将是当代的首要工作……”

艾米渐渐地低下头去，仿佛特别注意倾听似的——或者也许是让我随意地说下去，等我把话说完。我一贯爱说这种话。我们年轻的时候，艾米总说：“咱们又来啦。”我想她很不喜欢——往往绝对厌恶——这种有关社会秩序或是当代的评论。这种评论使她在智力方面地位降低。当我宣扬我的比较深奥的见解时，她总等着听我讲完。她体谅我的这个小缺点。这种意见似乎也值得说出来——不顾自己的较好的判断，我还是说了。偶尔，我还是禁不住要在餐桌上试着讲上一下。

“杰伊就是从你这儿得来了这个习惯，哈里，”她有一次这么抱怨，“我们刚结婚不久，住在北区的日子里。特别在他放巴尔托克①密纹唱片时，他总把屁股靠着壁炉面饰，把胳膊肘儿搁在壁炉台上，开口就把他的托·斯·艾略特诗句背诵给我听。你知道，我可不是一个生来就很有造诣的女人，从来没有什么深奥的思想。我的智商水平倒很高，就是这么回事。”

但是这时候，掘坟的人正在对操纵吊车的那人做手势，他的吊车驶到更接近坟坑边沿的地方。

① 巴尔托克（1881—1945），匈牙利钢琴家和作曲家，1940年移居美国。

"我想他们这就要开始了。"我说。

"我原来料想会需要更多的时间。"

"杰伊葬在这儿时间也不长。就公墓里的期限而言，不长。土地还没有时间变得坚硬。"

拖拉机的轮胎在新掘起的褐色泥土上留下了印迹，是一种月桂叶的花纹。那辆平稳的小吊车在一堆深褐色的坟坑泥土中停下，司机跳下车来，用垫木把车轮塞住。他们用帆布带把棺材束好，又把吊钩钩上。弯下身干这一工作的那人脊骨异常地长。他的小腿竟然很短。等他走回去、直起身来时，他的身材实际上并没有那么高。引擎发动了，那口蓝灰色的棺材从沙砾里翘起来。在它升起、撒下一些泥土时，工人们把它扶平。这时，我脑子里对棺材内的情形闪过了一幅幅使人厌恶的景象：那具穿着日常服装的尸体，那张俊俏、匀称的脸庞——青紫色、像患过萎黄病的、十分苍白。也许，一只口袋里还有一支忘了取出的铅笔。或许，鞋带全都束好，甚至还打了结。也许，死人竟会有一次勃起。

司机走到轿车车门口搀扶艾米下车。我站在她的后面，两手的手指在身后扣到了一起。

从坟坑里又回来，这是杰伊·伍斯特林的戏剧性遗愿。这就是他何以跟艾米的父亲做成了那笔交易的原因。五十多年前，在我们的少年时期，他和我看过许多部讲述坟墓的电视，有鲍里斯·卡洛夫[①]或是贝拉·卢戈西[②]。喀尔巴阡山中一些孤零零的墓园，背景里有几座阴暗的城堡。当基督山伯爵从达夫堡逃出时杰伊兴奋激动得异常，责骂我是冷血的。我的回答是："我可不打算容他们把各种

① 鲍里斯·卡洛夫（1887—1969），英国演员，以主演恐怖剧闻名。

② 贝拉·卢戈西（1884—1956），美籍匈牙利著名演员，以演恐怖片闻名。

情绪压到我的心上来。”

“我是有心肝的人！”杰伊这么说，“你这个人真是太冷漠啦。”

那辆加长的轿车自成一个世界，在公墓里就和在密歇根大街上一样。我们坐在轿车上，跟在搬运车后面缓缓地行驶。“这都是杰伊的主意。在冬天这个日子，他把我们弄到外边这儿来，”艾米说，“尽管在最后那一两年，他变得那么瘦，那么温顺。他还在寻找熟悉的人脸，可是人们全躲避他，这通常会使他发疯的……”

“我承认我也躲避他。”

“你干吗躲避他呢？”

“为了一件商业上的事。缅甸汇来的一笔钱，他本来该替我保存着的。那笔钱我本来不该获得一点儿，我让送款人把那笔钱送去。他接下后在收据上签了名。后来，等我去讨的时候，他说他得分几期归还给我。”

“这是我头一次听说这件事。”

“是没有理由为什么你该听说。而且实事求是地讲，杰伊是一位很大方的朋友。他从来没有忘记过我的生日。他总送给我一些精美的礼品——一套装帧精美的乔伊特①译的《柏拉图作品全集》和一部老版本的《衰亡史》②。这些书我现在还保存着，还在阅读。偶尔，我设法告诉人们那些书里述说些什么。”

“是我欠下你一笔钱，”艾米说，“但是他的尸体总得迁移开。我不能让我的父母亲分开葬。我母亲决不会宽恕的。要是我爸爸当

---

① 乔伊特（1817—1893），英国教士、古典学者，以翻译古希腊哲学家柏拉图（前427—前347）著作而知名。

② 指英国历史学家吉本（1737—1794）写的史学巨著《罗马帝国衰亡史》六卷。

真失去了理智，那可怎么好？经过五十年的夫妻生活后，我母亲的愿望就是，他们的婚姻应该是天长地久的。”

正如同艾米和杰伊几十年都光着身子睡在一块儿，吸进彼此的气息，她两手全都熟悉男人身体上的汗毛。就连她脸上搽的油膏和男人夜晚的嘟哝声，也会和那交融在一起。还有，共同使用着一块块肥皂和衣橱，共进晚餐——那么错综复杂的亲密关系。

一个人可以给予这种细节过多的价值。资产阶级的习惯没有资格被神圣化或永垂不朽。这一切都是主流的东西，而我始终就不是一个真正的主流派代表人物。我一贯对人是一个相当苛刻的裁判。特别是他们自认为非常好的话——对自己的聪明智慧很自负，或者认为自己知道关于英帝国或美国宪法可以知道的一切的话——我会贬低他们，毫无容情，没有宽恕的余地。所以，我为什么该宽大对待杰伊·伍斯特林呢！他娶了我曾经唯一爱过的女人，他把他们的共同生活搞得一团糟。

所以后来……

就目前而言，我们是活着的人，受到重创，带有缺陷。然而今天，在不可思议的情况下——乘坐一位亿万富翁的加长的轿车，有着琥珀色的车窗，行李箱上架设着一台电视机的来回天线，我们跟随着一位老朋友的遗体，他每隔一段时间（两小时）就准备从坟坑里逃出来。

我们经过的，但是由于这辆轿车的免疫的、烟灰色的车窗而无法看清的那些墓碑中，任何一座都可能是我父亲的（我母亲葬在亚利桑那州）。你们总不会指望一个像我这种个性的人赞同孝敬父母。我已经有好多年都没有到郊外这座公墓来了。

我们的左邻右舍和我们同学中有些人，都葬在这儿附近。

如果在轮到我以前，我要做点儿什么事的话，我想，最好就是着手采取行动了。

“一切是不是全安排好了？我是说，为杰伊的。万一我们护送着他的棺材到了那儿，地上没有掘好一座坟坑……”

“啊，坟坑已经掘好啦。这一点我早就料到了。真正使我担心的是，棺材吊起来时，会不会一下打开。我怕尸体会掉出来。”

“我心里也想到这一点，”我说，“不过不会出现这种事。这些人对自己干的活儿很熟悉。这是日常工作，设备都是齐全的。他们把棺材放在那些帆布带上，然后那个小引擎就发动起来，在平稳的一分钟内，棺材已经搁在坑底上了……你脸上的神气好像在想一件特别的事情，艾米。”

“一个像随着音乐的声音抢椅子的游戏[①]，如同幼儿园里经常玩的那种，”艾米说，“钢琴一停下后，你立刻坐到一张空座位去。让人把他葬在爹爹的墓穴里，是杰伊开玩笑的主意。”

然而，我又如何适应于这样一幅画面呢？我的难得修剪的既长又硬的黑发，以及裸首隆头鱼[②]般的嘴唇。不错，还有你一再看见的那双凹进去的小腿，用手指翻看着北斋的作品。我在范布伦街我的办事处里保存有一本很厚的他的画册。不过艾米和我在中学二年级时，常常举行大家惯常叫作爱抚的聚会。她那时候就相当喜欢我。我们狂热地接吻，互相紧紧地偎依在一起。我把脸埋在那件浣熊毛皮大衣麝香般微湿的气息里。

“有一件事我得问问你，哈里，”艾米说，“我一直强行忍住，

---

① 幼儿们玩的一种游戏，椅子的数目比参加游戏的人少一张，乐声停后，未抢到椅子的人被淘汰出局。

② 美国大湖区产的一种小鱼。

可是我禁不住还是要再问一次。你始终没有给我一个满意的答复。你听没听过录音带上录下的我的声音呢?”

有一刹那，我屏住呼吸，接着像我一贯是的——那么一个老练的骗子，我再一次否认了。不过有时候，实情会跟你编的最出色的谎话短时间内并存。我看出来她不相信我，于是我忙转到比较重要的一面。我说:“听了也不会改变大半辈子的感情。你先嫁给了伯纳，和他生了孩子。我们一块儿又洗过淋浴。”

“对。”

“杰伊那时候有一个太太，你还算是伯纳的妻子。只不过一年前，我刚和玛丽私奔。接下去我所知道的就是，你成了杰伊的太太。我对你的感情仍旧和先前一样。”

“你的意思是说，尽管还有几个其他的男人，也和先前一样吗?”艾米说。

一样。也只有在录音带上使她那样尖叫的那个纽约男人。关于其他的人，什么记录也没有。

“唔，淋浴室里的那个年轻女人，已经成了一个阅历很深的年轻女人啦。”我不想讨论这件事。我的目的就是把这一切全都抛到咱们脑后去。

“也没有什么办法好否认……不过你从前爱过我。”

“经过四十年的仔细考虑后，我所能提出的最确切的描述就是:‘一种真情相爱的关系’。”

“别人过去所说的或是现在所说的那种方式，对你从来都不会有什么用。一切都得转换成你自己的语言来说明。可是，是什么使这种感情真实的呢?”

“其他的女人也许会使我想起你，但是只有一个真实的艾米。”

“可是你从录音带上听到的、证明我有罪的，那是我的真实的声音。你真情相爱的人在尖叫。”

我做出了特别的努力，把话平静地说出来。我说：“唔，我们都知道眼下我们的情况怎样。这是解放的时代，就像一艘大船。旅客总践踏着朝左舷去，再不然惊慌地拥向右舷，因为船就要倾过去，下沉。绝不是分配均匀的。目前，我们正集中在左边，杰伊在这场解放热潮中是一个领袖。因此，他应该料想到你会报复。”

“这就是人家谈到性革命[①]时所表达的意思吗？可是这又把你和你的真情相爱的关系撇到哪儿去了呢？”

“我没法说性革命把我撇到哪儿，不过那可是我真正在意的一切。”

艾米的思想又转到了五十多年前买下、一直空着替杰伊保存到今天的那片墓地。他将安眠在他父亲身旁。“我不知道究竟为什么他母亲成了一个使他如此窘困的人。”

我说：“他深信自己的缺陷都是从母亲那儿继承下的。他总说，‘人们应该也可以和母亲脱离关系。’他爹爹是一个诙谐、戏谑的老头儿。老伍斯特林思想活跃。但是他六十岁就去世了。杰伊的母亲生命力很顽强，八十岁才去世。她成了杰伊的一个障碍。她泄露了他要的花招。”

“你可以想象，杰伊·伍斯特林躺在前边那辆搬运车上的棺材里，证实这种看法。有人谈论到他，会使他十分快乐。他让人把自己葬在岳母的身旁，实际上是在戏弄别人。这使你感到纳闷，不知道他是否当真理解死亡是怎么回事，因为他在死亡中还设法使自己

---

① 指西方反对性约束与性禁忌，反对一夫一妻制的性革命。

令人感觉到。为我自己来说句话，我的意思是，永生会破坏人类的全部推动力。永生会使你厌恶生存下去。”

“我坐在这辆加长的轿车里觉得不舒服，”艾米说，“坐在这辆车子里，太像参加一次送葬行列了。今天上午，在到海辛格家去的路上，也是这样。”

“咱们可以不要它，回家时叫一辆出租汽车。”

当然啦，那条沙砾路和路上的一些凹坑，对于载着我们向前行驶的这个压倒一切的、平稳的庞然大物说来，根本算不了什么。你甚至听不见轮胎的声音。但愿我的镇定沉着在某些方面相当于减震器和电脑操纵的发动机。我通常具有的全部应变才干都消失了，我毫无遮掩地坐在那儿，有的只是又长又硬的黑头发、大面颊和沉默无言的、裸首隆头鱼般的嘴唇。我训练好自己，决不泄露出什么。这时候，我很容易被人看透，但是艾米并没有在望着我。

“我对杰伊并不感到内疚，”她说，“不知怎么，我并不感到。”

“我相信他对可以找到的所有的人，全都播放那个录音带给他们听，表示他是一个太大的人物，不能受到伤害。其实他还是受到了伤害。”

“咱们停下啦。”艾米说。

这时候，我们来到了那地方，她迫切需要下车，没有等司机来替她开车门，就一下把车门推开，大步走过那片暗淡的三月草皮地。她穿的宽大的呢长外套全部扣好。我不知道，要是我往后买一件浣熊毛皮外套送给她，她是否会穿。

我跟着她走到那个新坟坑那儿。坟坑已经很整齐地挖掘好。这儿，又见到那些帆布带子，准备来缚那口棺材。我望着嵌在墓石上的那几帧椭圆形照片。老伍斯特林蓄着两撇我还记得的剪短了的胡子，戴着一副老式的高衣领。他把头抬到一个显得很有才智的角度上。杰伊的母亲在照片上穿着一件绸衣服，前刘海儿笔直地正好垂到那张欢迎你的脸上。一个来了，全都来吧！可是她对所有的人全漠不在意，她还是对谁也不关心，只关心她的儿子。

我把我的手绢递给了艾米。她没有去擦干泪水，而是用手绢捂着嘴。

搬运车后面的门打开了。那口棺材缓缓地向前移动。使我惊奇的是，司机自告奋勇，充当了一名抬棺的人。并没有做什么祷告，事先也没有安排好要举行什么仪式。棺材给安放好了地方。按了一下一个按钮，于是那平稳、无声、敏捷的小引擎发动起来了。等棺材到了坑底时，掘坟的人从下面把帆布带轻轻去掉，拾起他们插在土里的铁铲。

我从自己站的地方往后退了一步，一面注视着艾米的脸。在这个世界上，没有其他任何人生着她那样的容貌。这是人世间生活中最令人惊讶的事情。

那口棺材等着给土覆盖上。反向铲震颤起来了，接着就轰轰作响，蓦地一下在泥土上不住地移动，并在后面印下了更多的月桂叶印迹。我握住艾米的手，说道：“这不是求婚的最好时刻。不过如果是一个错误，那也不会是我对你犯下的第一个错误。这可是做我现在正做着的事情的时候。希望你会接受我。”

索尔·贝娄年表

1915 年　7 月 10 日出生于加拿大魁北克省蒙特利尔市市郊拉辛镇，他是贝娄家的第四个孩子，父亲亚伯拉罕和母亲丽莎是 1913 年来自俄国圣彼得堡的犹太移民。

1919 年　开始希伯来文《圣经·旧约》的选读，背诵其中的重要章节。

1923 年　因患肺结核在蒙特利尔市维多利亚医院儿童病房住院治疗近半年。

1924 年　随全家迁居美国芝加哥，居住在洪堡公园附近的贫民区；贝娄相继就读于拉斐特小学、哥伦布小学以及萨宾中学和图莱中学。

1932 年　母亲丽莎·贝娄去世。

1933 年　自芝加哥西北区的图莱中学毕业，考入芝加哥大学。

1935 年　转入位于伊利诺伊州埃文斯顿的西北大学。

1937 年　毕业于西北大学，获社会学和人类学学士学位；进威斯康星大学攻读硕士学位；年底离校。

1938 年　和安妮塔·戈希金结婚；返回芝加哥，在公共事业振兴署从事执行联邦作家计划的工作。

1939 年　到裴斯泰洛齐–福禄培尔教育学院任教，兼做“经典名著丛书”的注释工作。

1940 年　加入位于长岛羊头湾的国家商船船员训练营受训。

1941 年　在《党派评论》上发表短篇小说《两个早晨的独白》。

1942 年　在《党派评论》上发表短篇小说《墨西哥人》。

1943 年　在《党派评论》上以《一个晃来晃去的人的札记》为题，发表《晃来晃去的人》的部分章节。

1944 年　第一部长篇小说《晃来晃去的人》出版；在国家商船队服役；长子格雷戈里出世。

1945 年　“二战”后，住纽约布鲁克林区，审读新出版的企鹅丛书并为其撰写书评；创作《受害者》。

1946 年　去明尼阿波利斯，受聘在明尼苏达大学任教。

1947 年　长篇小说《受害者》出版。

1948 年　获古根海姆研究基金资助，去欧洲游历，定居巴黎从事写作；开始创作《奥吉・马奇历险记》。

1949 年　在《党派评论》上以《奥吉・马奇的生活》为题发表了《奥吉・马奇历险记》的部分章节，以后还相继在《纽约客》等数家杂志上发表了该书的部分章节。

1950 年　从欧洲返回美国，此后十年大部分时间都住在纽约；受聘在纽约大学的夜大学任教；继续创作小说及撰写评论。

1951 年　发表短篇小说《寻找格林先生》。

1952 年　获国家文学艺术院奖；受聘任普林斯顿大学创作中心研究员。

1953 年　长篇小说《奥吉・马奇历险记》出版；受聘任巴德学院英国文学教授；将艾萨克・辛格的小说《傻瓜吉姆佩尔》从意第绪语译成英文发表。

1954 年　长篇小说《奥吉・马奇历险记》获美国国家图书奖。

1955年　在《纽约客》杂志发表短篇小说《来日的父亲》。

1956年　出版中篇小说《抓住时机》，发表短篇小说《贡萨加的手稿》；和安妮塔·戈希金离婚，和亚历山德拉·查恰克巴索夫结婚。

1957年　次子亚当出世。

1958年　发表短篇小说《离别黄屋》；获得福特基金资助；创作长篇小说《雨王亨德森》，并在《赫德森评论》杂志上发表了部分章节。

1959年　长篇小说《雨王亨德森》出版；和第二任妻子离婚；离开明尼苏达大学，赴波兰和联邦德国讲学。

1960年　参与编辑纽约出版的《高尚的原始人》杂志；获文学之友奖。

1961年　应聘任波多黎各大学客座教授；和第三任妻子苏珊·格拉斯曼结婚；开始创作长篇小说《赫索格》，此后数年曾在《评论》等多家杂志上发表该书有关章节。

1962年　应聘任芝加哥大学教授、社会思想委员会委员；获西北大学名誉博士学位；第三个儿子丹尼尔出世。

1963年　编选出版《犹太杰出短篇小说选》；获巴德学院名誉文学博士学位；当选为美国文学艺术院院士。

1964年　长篇小说《赫索格》出版；获詹姆斯·L. 道奖；剧本《最后的分析》在百老汇上演。

1965年　长篇小说《赫索格》获美国国家图书奖及福门托尔国际文学奖；任芝加哥大学社会思想委员会主席；剧本《最后的分析》出版。

1967年　为《新闻日报》去中东采访报道“六日战争”。

1968 年　发表短篇小说《莫斯比的回忆》《如烟往事》；短篇小说集《莫斯比的回忆》出版；获犹太传统奖及法国颁发的"文学艺术骑士勋章"；开始创作长篇小说《赛姆勒先生的行星》。

1969 年　在《大西洋月刊》上发表长篇小说《赛姆勒先生的行星》。

1970 年　长篇小说《赛姆勒先生的行星》出版。

1971 年　长篇小说《赛姆勒先生的行星》获美国国家图书奖；开始创作长篇小说《洪堡的礼物》。

1974 年　在《花花公子》杂志上发表长篇小说《洪堡的礼物》部分章节；发表短篇小说《泽特兰：人格见证》。

1975 年　长篇小说《洪堡的礼物》出版；去以色列旅行；和苏珊·格拉斯曼离婚，和第四任妻子亚历山德拉·尤内斯库·图尔恰结婚。

1976 年　获诺贝尔文学奖；长篇小说《洪堡的礼物》获普利策奖；散文游记集《耶路撒冷去来》出版；赴斯德哥尔摩接受诺贝尔文学奖并发表受奖演说。

1977 年　获美国文学艺术院金质奖章。

1978 年　发表短篇小说《银碟》。

1982 年　长篇小说《院长的十二月》出版；发表短篇小说《嘴没遮拦的人》。

1984 年　发表短篇小说《堂表亲戚们》《今天过得怎么样？》；短篇小说集《嘴没遮拦的人》出版。

1986 年　和第四任妻子亚历山德拉离婚。

1987 年　长篇小说《更多的人死于心碎》出版。

1989 年　中篇小说《偷窃》《贝拉罗莎暗道》出版；和第五任

妻子珍妮斯·弗里德曼结婚。

1990 年　发表短篇小说《记住我这件事》；全国图书基金会向贝娄颁发了终身成就奖章。

1991 年　中短篇小说集《记住我这件事》出版。

1993 年　秋季由芝加哥大学转波士顿大学任教。

1994 年　散文随笔集《集腋成裘集》出版。

1995 年　发表短篇小说《在圣劳伦斯河畔》。

1997 年　中篇小说《真情》出版；获犹太图书奖。

1999 年　12 月 23 日，小女儿内奥米·罗丝出生。

2000 年　长篇小说《拉维尔斯坦》出版。

2002 年　出版《小说集》。

2005 年　4 月 5 日在马萨诸塞州布鲁克莱恩的家中去世，享年 89 岁。

宋兆霖　编